# 壹往情深

陈永往 ◎ 著

海峡出版发行集团｜海峡文艺出版社

## 图书在版编目(CIP)数据

　　一往情深/陈永往著. —福州:海峡文艺出版社，
2019.5(2024.3重印)
　　ISBN 978-7-5550-1854-4

　　Ⅰ.①一… Ⅱ.①陈… Ⅲ.①中国文学—当
代文学—作品综合集 Ⅳ.①I217.2

　　中国版本图书馆 CIP 数据核字(2019)第 065865 号

**一往情深**

陈永往　著

| | | |
|---|---|---|
| 出 版 人 | 林　滨 | |
| 责任编辑 | 林　颖 | |
| 出版发行 | 海峡文艺出版社 | |
| 经　　销 | 福建新华发行(集团)有限责任公司 | |
| 社　　址 | 福州市东水路 76 号 14 层 | |
| 发 行 部 | 0591—87536797 | |
| 印　　刷 | 三河市兴博印务有限公司 | |
| 厂　　址 | 河北省廊坊市三河市杨庄镇大窝头村西 | |
| 开　　本 | 787 毫米×1092 毫米　1/16 | |
| 字　　数 | 204 千字 | |
| 印　　张 | 13 | |
| 版　　次 | 2019 年 5 月第 1 版 | |
| 印　　次 | 2024 年 3 月第 2 次印刷 | |
| 书　　号 | ISBN 978-7-5550-1854-4 | |
| 定　　价 | 65.00 元 | |

# 序 一

欣闻永往要出本文集,他还邀我作序,开始有点犹豫,因对文学,我毫无造诣。拜读了书中那篇《为了忘却的纪念》,仿佛进入他二十余年的苦难经历与奋勇拼搏的历程,我感动了。

永往1995年从福州大学本科毕业后被分配到晋江电力公司工作。他勤奋好学工作认真,入职两年即获评"1997年度晋江市先进工作者"荣誉称号。天有不测风云,1998年的夏天他在一次变电站年检中遭遇工伤事故被高压电击伤,全身百分八十以上大面积烧伤,生命危在旦夕,后来经全力抢救治疗后于2002年4月重返工作岗位。面对这么大的困难,他不怨天尤人,不自暴自弃,而是永不放弃,积极面对。经过十几年精心钻研,日积月累,他工作业绩优秀,获得了省电力公司、省电机学会等给予的一系列荣誉称号,并慢慢成长为公司管理岗位的专家与标兵。

永往多才多艺,爱好广泛,业余时间经常与我纹枰对弈,畅谈工作,交流经验。他利用业余时间习作撰文,常有好文发表。看了他写的好多文章,真实感人,令人肃然起敬!如《父亲的微笑》《老家的门头联》《大姑的五好人生》《人生如棋,落子无悔》《星光,点亮我漫漫文学路》等诸多好篇章,皆是言之有物,句句在理。他,感动了我,希望也能感动到您!

晋江市象棋协会会长　赖建新

2019.2.15

# 序 二

　　序言,本是贤达者对文集的点评与推许,小弟不敢妄居。获永往堂兄邀稿,唯趁农历新年假期抽空拜读其大作《一往情深》,仿佛重温了一遍儿时的乡间生活。作为族中同辈最年轻的小弟,我幼年已离家远赴香江经历另一种人生,与族中兄姊虽亲情仍厚,但了解不深,此番透过永往堂兄的文笔,让我对家乡、族中的亲人有了又一层的感受,特别是这位才情横溢的永往哥哥。

　　初次拜读永往兄的大作,是他在父亲节写给已去世的父亲的《父爱如山》。短短的篇章里,充满了儿子对父亲的思念,若非有真情实意的感受,何来如此真切的情感? 还有《老家的门头联》重现了20世纪80年代初的闽南村庄的一幕,也重现族中长辈朴实无虚的形象,这是我依稀可记的童年片段,读来亲切可爱。

　　永往兄在书中也有提及自己在1998年所遭遇的那场横祸,那风华正茂的年纪,准备大显身手的时刻,却遭到命运的无情轰击。在这种突如其来的人生意外面前,有人选择自暴自弃,有人选择逆境自强,但如同美国著名牧师诺曼·文森·皮尔(Norman Vincent Peale)所言:"改变你的想法,便会改变你的人生。"(Change your thoughts and you change your world.)永往兄选择逆境自强,并由此收获爱情,开展新生。人生能否否极泰来,有时就在一念之间。

　　永往兄的作品可读性之高,不在文辞华丽,而在情真意切。从文字可见,永往兄是个多情之人,无论是亲情、爱情、友情、天伦之情等等都深有感受,才能用文字真切地描绘出一段段人生故事。而这些情感的交织与故事的连接,又正是永往兄的人生轨迹。敢于将自己的人生与内心感受公之于世,若不是君子,又何来如斯坦荡的胸怀?

弟　元　隆

己亥年正月初八于香港

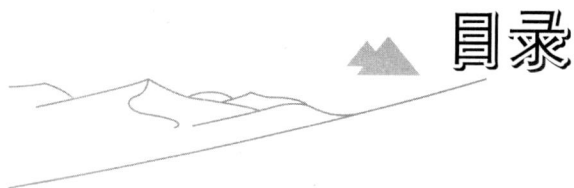

# 目录

## 往事如烟

## 情真意切

## 深刻直白

## 似水年华

## 海阔天空

一
见
如
故

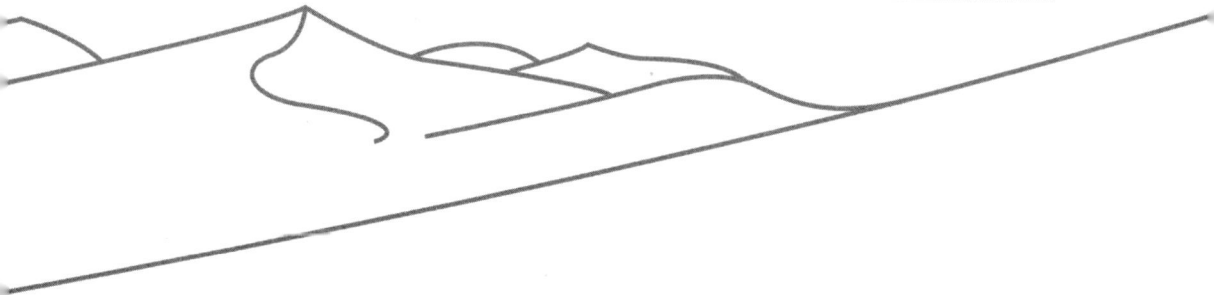

# 为了忘却的纪念

　　人生能有几个二十年?回忆过去,我痛苦并快乐地活着;展望未来,我坚强而执着地拼着;为了忘却的纪念,我断断续续地铭记我的甘苦人生。往事虽已随风而去,我心却依然如故。

　　二十年,弹指一挥间:1998年那个无情的夏天,我遭遇人生最大的磨难,在一次变电站年检过程中突然遭受高压电击全身大面积烧伤,生命垂危。接下来的三年时间,我辗转在泉州与北京的医院,度过一千多个痛苦难熬的日夜,经历了数十次大大小小的手术,我已经是体无完肤,更失去了我的左上臂,我的心几乎万念俱灰,我的人生瞬间变黑白。在京住院治疗期间,有幸偶遇我如今的爱人,义无反顾地远走他乡,跟随我重返我的故乡。她当年的勇气,至今仍令我动容与感恩。因为她,让我对人间永存真善美才有了更切身的领悟。没有她,我的人生也许会大不同!

　　2002年4月,我们夫妻俩双双走上新的工作岗位。农历五月父母亲开开心心地为我们补办了闽南传统习俗的婚礼,好多关心我的亲朋好友皆为我的人生否极泰来而欢喜,到场宾客爆棚满座,我的父亲母亲也总算多少获得些许宽慰。当年底,我们的爱情结晶顺利降临,给我们家庭又带来了无限欢乐。母亲从此变得忙碌起来,父亲刚好也退休了帮忙张罗着买东买西,一家人忙得不亦乐乎,却其乐融融!

　　可惜,月有阴晴圆缺,人有旦夕祸福。美好的时光为何总是那么短暂?我最敬爱的父亲于2004年初不幸罹患重症,经过半年多与病魔艰难的搏斗,还是遗憾地于 2004 年 7 月 3 日与世长辞，留下无法安享晚年的遗愿。父亲一生为人正直和善，虽无什么丰功伟绩，但他所到之处，却有口皆碑。他的为人处事，和亲睦邻，平淡从容，顶天立地的性格对我以后的人生影响颇深。

接下来的日子，我们时刻不忘父亲在生时候的谆谆教诲，为了生活而努力地工作，认真地教育好孩子。工作业绩日积月累，钻研专业，与人为善，爱岗敬业，个人的不断努力终获各级领导的一致好评与肯定，同时也收获了从本单位到地市乃至省公司、电机学会等给予一系列各级别的个人荣誉称号，并慢慢成长为岗位标兵。孩子学习也都不落人后，积极向上，从小学初中一路学来，同样也是斩获一大堆的奖状或荣誉，如今更迈入人生关键的高中求学阶段，顺利考入我们家族好多成员共同的母校安海养正中学，希望离他个人追求的人生目标也越来越近。

人生能有几个二十年？我的人生这二十年，经历过苦痛，我从不胆怯退缩；经历过喜悦，我也不沾沾自喜。不以物喜，不以己悲。人生如海潮，潮起潮又落；唯有脚踏实地，方能勇立潮头。艰苦有时过，花无百日红。凡事平常心，收获不平常！

一路走来，二十年风起湮灭，阳光走在风雨后。为了忘却的纪念，更为了美好的将来。小记此文，以飨亲友；感谢关心，感恩有您。

# 勿忘真情，回家过年

一年一度春节到，太平盛世年味浓。中华民族传统节日春节不仅是中华儿女停工返乡休息的大好日子，更是新的一年美好祝愿的开始。

习近平主席一句"回家过年"，牵动着亿万中国人最温馨的情愫。万家团圆、共享天伦，走亲访友、共祝美好，贯穿其中的就是浓浓的亲情、友情、爱情、同志之情。当今社会发展快速变化，人们为工作废寝忘食，为生计奔走四方，但不能忘了人间真情，不要在遥远的距离中隔断了真情，不要在日常的忙碌中遗忘了真情，不要在日夜的拼搏中忽略了真情。

2017年新春佳节来临之际，除夕一大早，一家人浩浩荡荡回安海老家祭祖，贴春联。当晚我与家中兄长提议合伙围炉吃年夜饭，饭后一家老小又聚集到母亲家中看春晚唠嗑，年逾古稀的老母亲年前虽然不慎摔伤，仍不忘家中传统老规矩，又虔诚地开始张罗准备守岁敬天宫，零点过后香烟缭绕、金纸焰高，母亲领着大伙一起祝福家族老小平安健康。大年初二家里姐妹相约回娘家，一家人首先提议来照张相合影，内家外家大小也都纷纷与母亲合影留念，一家人其乐融融。母亲似乎也忘了前阵子摔伤之疼，开心地笑了。

农历正月初六，乃祖母仙逝纪念日，往年也都常有家族聚会。今年家族来稀客，少小离家老大回久未返乡过年的香港堂弟决定回家走走。家里儿子几天前就已满怀期待，想见见久未谋面的香港小堂弟包包。烧香祭祖后，一家老小齐聚镇里酒楼，吃着安海特产土笋冻，看着满桌热气腾腾的酒菜，挡不住家族人热情的心，久未返乡的堂弟阿隆一家也甚欢欣。饭后与堂弟决定一同前往安平古桥踏春观景。安平桥乃家乡安海名胜古迹，源远流长。一路风景一路人潮，看着家儿与小堂弟如亲兄弟般地交流、嬉戏，我与堂弟也深感欣慰。因为我们永远是一家人，拥有同一个爷爷奶奶，人间最难割舍不断的就是亲情，血浓于水之情。我们这辈人有责任与义务将中华民族的传统传承给下一代人。无论贫穷与富贵，永不能忘他们之间的血缘亲情，因为他们拥有共同的祖先。安平古桥今犹在，又见当年人熙攘。

不忘初心，勿忘真情！我们不要忘记最初时候人的本心，就是人之初那一颗与生俱来的善良、真诚、无邪、进取、宽容、博爱之心。此心此情多多应用在每个人的爱情、事业、生活等方面，提醒人们幸福年代仍需常怀感恩谦卑之心，认清自身的人生目标与方向。

最后，借用安平古桥上千年对联"天下无桥长此桥，世间有佛（情）宗斯佛（情）"。祝愿天下所有人：不忘初心，方得始终；勿忘真情，回家过年！

2017 丁酉年春节

# 忆苦思甜话幸福

　　我的父亲出生于中华人民共和国成立前，他二十岁出头就从福建省农机学校毕业，开始参加工作，期间辗转八闽大地，先后在福州福建省农机所、三明明溪的农业战线上一干就是二十多年，其后又调动返乡，继续奋战在农业系统直至光荣退休，2004年因病离开了我们。我的母亲年轻时在家务农、带儿女，含辛茹苦将我们兄弟姐妹四个抚养成人。到如今我们各自成家立业后，她又帮我们带孩子，一刻也不停歇。经过了半个多世纪的人世沧桑，她老人家对生活的领悟和对生命的理解常常让我茅塞顿开，尤其是她自然而然流露出来的幸福感常给我很大的启发。

　　父母都是从缺吃少穿的穷苦日子里走过来的，对今日安宁平静的生活格外珍惜，平日里的节俭便常常显得有些"小题大做"，对每一粒粮食发自内心的那种珍惜之情常常让我心生敬意，吃饭时若有不小心掉在地上的米粒或是饭菜，父亲在世时必会不假思索地捡起来塞入嘴中，而在饭桌上父母最喜欢谈论的话题便是生活困难时的日子。我从父母娓娓地讲述中切实感受到今日的幸福生活得来不易，而我从生活的变化中也洞悟到一条朴实的真理："常将甜时忆苦时"是让幸福递增的最有效方式。

　　听我母亲提起我刚出生的那年，父亲独自一人在山区工作，家中一贫如洗。家就是用土坯成的两间小土屋，用"家徒四壁"来形容毫不夸张，因为家中最值钱的物品就是母亲的陪嫁——一口红色的木箱，所谓的桌椅都是用不规整的石条堆砌而成的,一日三餐不变的是地瓜和地瓜干,甚至连咸菜都没有。衣服更是补着穿,兄弟姐妹接力穿,妈妈总是向我们提及同村远亲番(港)客过年送过季衣服给我们兄弟姐妹穿的事儿,可能妈妈对那些事的印象太深刻了,所以总是念念不忘。

1980年的春节,是比较难忘的一个春节,那一年母亲领着我们兄弟姐妹前往父亲工作的地方,计划经济时代单位福利好,发了两斤肉票、两斤大白菜和两斤鱼票,那个春节已深深地留在了记忆里,虽然母亲让我们将二斤肉吃了整整一个月,但是我觉得那一个月的饭菜很香,还向小伙伴们炫耀我吃到肉了。

可惜,好时光总是那么短暂,1983年,父亲因工作调动调回家乡,我们一家重新回到农村艰苦的生活。如今偶尔与同事、朋友闲聊时候,也会谈起小时候在农村生活的日子:放学后到山上放牛,周末到地里干农活的日子;剥甘蔗叶,拔花生、锄草、播水稻、戽水、施肥、挑水……很苦,很艰难,但是当时的我们年纪虽小,却丝毫不会有半句怨言,父母一叫就起床,兄弟姐妹一喊齐上阵,一心想着早点把农活干好好回家,那时的我们很累却很单纯,只想读好书好早日离开乡村到城市,那时的我们过年过节只要能吃上鸡鸭鱼肉,穿上新衣裳,就会感到很幸福。

20世纪80年代末90年代初期,父母亲费尽千辛万苦在自家宅基地盖起几间石头平房,一家人终于住上宽敞明亮的新房。家门口挖了一口水井,我再也不用挑着水桶到老远的地方挑水喝,感觉放学回家歇了好大一口气,院子里还特地建了三化厕和浴室,洗澡上厕所都可以就近解决,心里感觉家里特温馨。

1995年,我和妹妹同时毕业找工作,由于父亲单位住宿紧张,一家四口挤在十平方米的集体宿舍里,拉个布帘隔出两张床,我和父亲挤一张,母亲和妹妹挤另一张。宿舍里除了一些洗漱用具和餐具,还是一无所有,不过生活条件已有了明显的改善,能够顿顿吃上食堂的大米饭和肉菜了。以后日子也越来越好,没多久我们就搬了新家,住上父亲单位集资在城里买的套房,住上了宽敞明亮、三室一厅的单元房,我和妹妹总算一人单独住一间房,家中摆放的物品也发生了巨大的变化,电视机由14寸的小黑白换为25寸的长虹大彩电,另外,海尔洗衣机、冰箱……也都基本配齐,唯一不变的就是那口红木箱,母亲一直舍不得扔掉。母亲说,这箱子是家里日子越过越好的见证,确实,这箱子已经伴随母亲五十多年了,五十年来。这箱子表面的红漆已变得斑驳不清。

父母总是不厌其烦的给我们讲起这段"家的变迁史",其良苦用心就是让我们好好珍惜今日的幸福生活,不要在物欲横流的物质社会中迷失自我。纵观尘世中人,有许多人从丰厚富裕的物质生活中获得巨大满足的同时并没有相应的增添幸福感,最明显的例子就是物质生活的过度膨胀导致某些人精神生活过分空虚从而终日沉溺于网络的虚幻中。

记得有篇文章写道,人们在对某一物品追加满足的过程中,随着该物品的增加,幸福感会降低,通常情况下,物质生活匮乏的人生活的比较满足而快乐,而物质生活富裕的人从物质中获得的满足感却相对较低。我想,我的父母之所以每天生活的幸福而快乐,可能就与他们淡泊的处世心态有关,他们从忍饥挨饿的艰苦岁月走到衣食无忧的今天,已是怀着一颗感谢上苍的心,同时不贪得无厌,不暴殄天物,所以便生活的怡然自得、知足惬意了。

保持一颗"常将有时思无时,常将甜时思苦时"的淡泊之心,就会让平淡无奇的生活折射出五彩的光芒,就会增添心中的幸福感。

# 老家的门头联

　　我的老家就在福建晋江安海镇郊区的一个小村落，古称玉山村，后由山头李、下陈、前蔡、后坡、潮坑等几个小村落合成一个较大的自然村——现在通称叫庄头村。20世纪80年代改革开放初期，村里华侨多，村民们凭着华侨当年寄回国内的辛苦钱，纷纷集资办厂创业，先后做起雪花银耳、包装烤紫菜、福源瓜子等一系列小食品生意，产品主销东北三省，后来辐射全国各地，生意异常火爆，成了远近闻名的勤劳致富村。

　　80年初期，父亲为了爷爷奶奶的夙愿，历尽千辛万苦从福建山区三明地区明溪县农机局申请调动返乡工作，尽为人之子的孝心。当时正值改革开放初期，勤劳致富的村民们如雨后春笋般在自家宅基地上建起一栋栋漂亮整齐的石头新房。输人不输阵，父母也不例外，省吃俭用持家，村食品厂里打零工，加上海外印尼华侨大姑父、大姑姑接济寄回国内的一点钱，七拼八凑在自家申请的宅基地上开基动土买石材，建起了单层的小平屋。各路亲戚也都出力帮忙，三姑父本身就是泥瓦匠出身，砌石头、吊板平全部自己上；家里青壮年的堂哥、表哥齐上阵；我们年纪虽小，也要与父母干好煮饭、烧水等后勤保障的活；盖房所缺的石灰壳、水泥、红砖，母亲全部用两轮板车带上我们几个孩子自己前往安海镇里和隔壁桥头村去拉，每逢拉到村里山坡路段，总能遇见些乡里乡亲，都是义无反顾地帮忙推车助力运至家宅工地。大家真是众人拾柴火焰高，互相帮忙，互相逗欢喜，在工地上经常可见欢声笑语，喝着茶梗泡的粗茶，咬着村里人自炊自卖白白凸凸的大馒头,偶尔初二十六烧金,若能啃上一块龙湖衙口生产的葡萄面包已算奢侈了。

经过一番停停建建,小屋总算基本要落成。按农村习俗入户大门一般会刻上一副门头对联,加上门头的陈姓"飞钱传芳"或"颍川衍派"等横批,以留后人感恩念祖。父亲当年也算是村里的读书人,又在城里工作,为了这副对联,茶不思饭不想地琢磨了好几天,才想起了"湖州桔满赏琴音,松茂抛风增闽景"的情景佳句,将我的爷爷奶奶,大姑父大姑姑,父母姓名中的"松、湖、抛、桔、闽、琴"巧妙地编入门联中,编好后又马不停蹄地前往邻村,找了专门书写门头联的老先生临摹撰写,老先生开始也一头雾水,一般农村人写门联皆中规中矩,顶多就嵌入建房夫妻两人的名字,字句也都会较传统。父亲这幅门联语句虽颇佳,但看似写景,不同一般,不知有什么特殊的含义。父亲一五一十地介绍自己此联所含意境,无非也就是为了感恩父母养育之恩,感恩我姑父、姑姑倾情相助,他才有能力盖此平屋,此联刻上门头联就是为了自己感恩在心的理念,以留后人也要常怀感恩之心。当年奶奶逢人总会有人夸伊真福气,三个儿子建三栋厝,奶奶也特别开心,因为父亲已经将她的名字刻在我们自家宅院的大门联上,家族后人永永远远都会记着她。

到了 20 世纪 80 年代末 90 年代初,大表哥在海外印尼的生意风生水起,生意兴隆,财源广进。时常返乡看望家族长辈,接济家族的亲族五十。父亲一分钱也舍不得乱花,经过一段时间积攒存钱,又再次发动亲戚一起帮忙,一石头一瓦片地加盖起二楼,1990 年中一栋完整的农村自建小楼总算基本落成,当年尚健在已经九十余岁的爷爷也随我们一起搬入新居安享一段晚年,九十六岁在伯父家安详仙逝。父亲编写的二楼大门联"情意长再绣金章,湖光照闽琴山色"同样地富有诗意,门联中一如既往的含有我爷爷陈佑情奶奶许湖的名字"情(松)与湖",特别加上大表哥吴"金山"的名字,我父母亲的名字"再闽,绣琴"。上回帮临摹书写的老先生,一听我爸又找他临摹书写,知道父亲肯定又盖房了,心里也甚是欢喜,知道我父亲一定又会有好联带来共赏。一回生二回熟,老先生后来与我父亲也成了忘年交与挚友。

时过境迁,父亲已经独自走远,家里老宅依旧在。老宅的石头门联虽历经岁月侵蚀，字迹却依然清晰可见。当年父亲历尽千辛万苦建成的小楼房随着时光推移已经日渐老旧，唯有家里老宅的门头联印记深刻，历久弥新。父亲一生感恩的情怀，至今仍然历历在目，直到永远！

2017.5.1 劳动节前夕感恩所写

# 清源山上的秋千

迎着初秋的晨风，爱妻开着"小马"拉着一家老小前往清源山。却不知，载的是我这颗心驰神往的心，一路晃晃悠悠，终于到了，当然，也一定是带着甜美的心情上山的。我和家人是沿着陡路上山的，到半路的时候，大家都喊累，突然发现好几位挑山工阿婆挑着饮料小吃在叫卖。看前方路面，也是有很多人爬过去的痕迹。是呀，阿婆年纪一大把为了生计每日不辞辛劳还挑着东西都能往上爬，我们空手却喊累，找阿婆买了饮料喝完，大家又鼓起劲往上攀登。

一路气喘吁吁，一路笑语。终于，我这个手脚不灵便之人，却也到达了山顶。在天湖，对着帅哥靓女的笑脸，甜美的笑容也是会醉人的，到现在我都还没有醒来……心情有如秋天的太阳。来到了百丈坪，视野一下子开阔起来，登高望远，心旷神怡。阳光温柔地抚摸着大地，清风轻拂着脸庞，微闭双眼，在这舒服的大怀抱里，我不愿醒来。

下山了，经过有秋千网的地方，也就到了我魂牵梦萦的地方。于是，我狠心让同行的爱妻和老小先走了，一个人留了下来，找了张秋千网，躺了上去，真舒服呀。秋千网温柔地陪伴着我，轻轻地摇着。经过的路人，都会留下轻叹"真舒服呀"。呵呵，这么多心动的路人，却没有人停住脚步，就这么的路过了。我心想，人生得意时须尽欢，给自己一点时间，一点心情，放松一下自己，这未尝不是一件惬意的事情呢。

人生走走停停，停停走走，难得有个机会让自己安静下来。躺在秋千网上，可以忘记时间,忘记心情,忘记世俗,忘却自己。只是,非常简单地,让脑袋里的世界一切静止下来,什么都不想,只是吹吹风,看看树木,感受着阳光,听经过路人的欢声笑语。原来,我可以过得如此简单;原来,生活竟然是如此美好!

我只顾着自己在秋千网上摇啊摇,忘记了时间,爱妻打电话来,说已经到山脚下。我只好一个人孤零零的下山⋯⋯

# 让心灵去旅行

## ——"历史名城，文化之旅"游记

　　近日，本着对陕西、河南两省古都文化的向往与期待，顶着酷暑，一家人跟随旅行团登上飞机前往——十三朝古都西安，展开了一趟为期五天的历史名城文化之旅。

　　第二天一大早，导游赶紧叫醒大伙，一起前往游览西安市中心标志——钟鼓楼广场，感受"晨钟暮鼓"，漫步于最具西北特色的仿古一条街——北院门民俗步行街，又称回民街，感受西北地区少数民族风俗，一路品尝西北最具特色的各类小吃；接着前往民俗茶馆，欣赏——民间艺术表演，观赏原汁原味的陕西地方戏秦腔丑角、陕北民歌、方言脱口秀等节目。中餐后，车赴临潼，途中参观中国第一座史前遗址博物馆——半坡村遗址博物馆，半坡村遗址属于新石器时代的仰韶文化，分为居住、制陶、墓葬三大区域，出土物品以石器、骨器、陶器为主，还展示了人类早期的二十二种刻画符号，生动展现了六千多年人类母系氏族社会繁荣时期的生产与生活情况，一团人对西安远古时代的文明充满无限遐思；下午行程免不了参观位于骊山北麓的"世界第八大奇迹"——秦始皇兵马俑，包含：兵马俑1、2、3号俑坑以及铜车马展厅，特别是在兵马俑1号坑，所有人都对眼前的壮观景象所惊叹，惊叹声此起彼伏，整个景区深入全面地展示了"秦王扫六合"的伟大历史功绩；最后，大伙还参观远眺了"千古之谜"秦王嬴政的陵墓——秦始皇陵，对古人的丰功伟绩钦佩不已。

　　第三天早餐后，我们一大早就去排队乘坐进山车，再乘缆车进入华山景区，游览以奇险奇秀冠天下闻名的五岳之一西岳华山,沉香劈山救母、智取华山等故事均发生于此。登上北峰封顶,才知道什么叫"无限风光在险峰",在华山论剑字碑前来了张快照,顺着华山山顶索道,一路蜿蜒曲折,两边悬崖峭壁,朝阳、落雁、云台、玉女、莲花、苍龙岭、一线天,山势雄伟、峰峦耸削、各有特色,令人惊奇大自然的鬼斧神工和无上威力!

第四天早餐后,游览与"莫高窟""云冈石窟"共称为中国三大石窟的龙门石窟,欣赏佛教石刻艺术宝库。每个石窟都有一段皇家的历史故事,大伙的心灵更是随着导游精彩的解说,穿越时空,梦回北魏、唐朝,对古代凿窟工匠的精湛工艺和人生追求无不感悟颇深,在唐代大诗人白居易的居所——白园,对诗人的文采和丰富的人生经历更是赞不绝口,途中大伙还一起远眺香山寺;中午车赴登封,进入五岳之一"中岳嵩山",游览中华武术发源地——嵩山少林寺,跟随大部队一同参观古老的少林寺院和现存两百四十余座塔墓的佛教圣地——塔林,对少林寺一代代高僧救苦救难、普度众生的佛家理念有了更深入的了解,特别是对历史上那位双目失明的方丈自强、自立、护寺救僧的感人事迹肃然起敬,欣赏完名扬中外的——少林武术表演,大伙对这座千年古刹的敬意油然而生。

最后一天车赴六朝古都开封,参观我国古代著名清官"包龙图"的祠堂——包公祠。它坐落在七朝古都开封城内碧波荡漾、风景如画的包公湖西畔。包拯因为百姓伸张正义,千百年来深受人们的尊敬与爱戴。后我们乘车途径集宋代特色于一街的宋都御街,及宋徽宗与李师师相聚地—樊楼;游览占地一千零三十八亩,以北宋为主的六朝皇宫所在地龙亭风景区,这里三面环水、风景秀丽,仅潘家湖和杨家湖的水域面积就达七百一十余亩,由玉带桥、龙亭大殿、宋代蜡像馆、北宋皇城拱宸门遗址等组成,已成为开封城的象征。

几天行程下来,我重走了一趟大中华厚重的历史之旅,对中华民族远古的文明有了更深的印象,心灵更是接受一次清新的文化洗礼。古人对中华传统文化的继承和发扬,一脉相承,流传至今;温故而知新,已经步入现代化的我们,是否也该一如既往地将中华民族的精髓进一步发扬光大,留给后来者传承,我们还需要再犹豫吗?

# 人在绍兴醉江南

去绍兴之前,对绍兴的历史文化知之不多,只知道是鲁迅的故乡,还有就是绍兴老酒。

当看到乌篷船徜徉在明净秀丽的稽山镜水之间时,才感悟到绍兴古城历史的悠久和文化的古朴。

"山阴道上行,如在镜中游。"绍兴不仅是山清水秀之乡,更是历史文物之邦,名人荟萃之地。

凡是读过《从百草园到三味书屋》这篇文章的人,一定会记得鲁迅笔下色彩斑斓、情趣盎然的百草园。百草园在鲁迅故居的后面,一畦碧绿的菜地,一棵高大的皂荚树和一堵矮矮的泥墙根构成了百草园。百草园内早已没有 "光滑的石井栏",也看不到"紫红的桑葚";墙头上青青的藤蔓盘根错节,还有一口小小的、已经无水的井眼,百草园整个的感觉是空,是荒凉,让人心里慌慌的。

百草园谈不上景致优美,但站在爬满青青的何首乌和木莲藤矮矮的泥墙边,寻访鲁迅这位文化巨人的足迹,仿佛可以听到油铃虫和蟋蟀的鸣叫,依稀看见"紫色的圆脸,头戴一顶小毡帽"的闰土……

"出门向东,不上半里路,走过一道石桥",便是三味书屋。三味书屋门前是一条只容一只乌篷船驶过的小河。头戴黑色毡帽的艄公,撑着乌篷船从青石板桥下穿过。

"从一扇黑油的竹门进去,第三间是书房。中间挂着一块匾道:三味书屋;匾下面是一幅画,画着一只很肥大的梅花鹿伏在古树下。""三味书屋后面也有一个园,虽然小,但在那里也可以爬上花坛去折蜡梅花,在地上或桂花树上寻蝉蜕。"一切都是先前的样子。

站在三味书屋里,看着那张被鲁迅刻着"早"字的小木桌,闻着蜡梅花飘来淡淡的清香,时光仿佛一下子倒回一个世纪前。走进三味书屋,就像走进历史深处泛黄的记忆。

走过百草园、三味书屋,让我们再走近晋代书法家王羲之。《兰亭集序》的故事就发生在绍兴西南约十二公里的兰渚山下。穿过一条修竹夹道的石砌小径,迎面是刻着"鹅池"两个赫赫大字的石碑。碑旁一泓碧水,即为鹅池。池中几只白鹅悠然嬉游,"白毛浮绿水,红掌拨清波",相映成趣,让人不由得想起王羲之以字换鹅的故事。

过鹅池就是流觞亭。亭前,曲水叠石,相传东晋穆帝永和九年(公元 353 年)三月初三,王羲之等文人雅士列坐水边,让盛酒的羽觞循流而下,流到谁面前,谁就得即席赋诗,不然罚酒三觞。这次聚会有二十六人作诗三十七首,王羲之为这些诗作了序,成就了名传千古的《兰亭集序》。

这次来绍兴,有点遗憾的就是,听导游介绍不可不去却没能去成,那就是陆游写下"红酥手,黄滕酒,满城春色宫墙柳……"的沈园。

沈园在绍兴城东南隅,园内有孤鹤轩、葫芦池等景观,虽不失幽深、古朴、雅致,但比之苏州园林则要逊色许多。不过沈园之所以闻名,是因为这里曾演绎了一段催人泪下的古老的爱情悲剧。八百多年前,南宋爱国诗人陆游与被迫离异的前妻唐琬邂逅沈园,两个相爱不能相守的人见了最后一面,凄楚难当。陆游往事重忆,百感交集,提笔在园壁上题写了一首《钗头凤》。唐琬不胜伤感,也和词一首,有"世情薄,人情恶"之句,情意凄绝,不久便忧郁而死。

期待下次再来绍兴,能站在园壁前,读一读哀怨、凄婉的词句,除了伤感,更多的是关于如何将爱情进行到底的思索。

驻足轩亭口,怎能不钦佩鉴湖女侠秋瑾慷慨赴死的凛然正气;登临府山越王台,怎能不感慨越王勾践"卧薪尝胆,洗雪国耻"的壮举;朝拜禹王庙,怎能不叹服大禹治水锲而不舍的精神……这就是古城绍兴,一条深巷,一条小河,一座石桥,一个门台,都能唤起人们对历史的追忆!

来绍兴的第一天晚上,我们余兴未尽,又独自去了一趟咸亨酒店。门前站着个孔乙己雕像,真的有当街曲尺形的大柜台,有盐煮笋与茴香豆,也真的有人靠在柜台边喝一杯,不过当然不是鲁迅笔下的短衣帮,而是来找感觉的游客。

热情的主人极力推荐用绍兴花雕酒,佐以霉干菜扣肉、臭豆腐、茴香豆、青鱼干、越鸡、绍兴八鲜等极富地方特色的菜肴招待我们。平素我也很少喝酒,但这天不知为什么一杯绍兴老酒下肚,立马感到热血沸腾,那浓烈的绍兴老酒在我胸中盎然而发,我有一点飘飘然不知身在古今了。

我想,这一刻我已经是醉了,醉在绍兴悠久的历史和古朴的文化里了。

# 说箴言,交诤友

前些日子,我的初中好同桌陈文添同学特别抽空呼我,说要亲临家门与我坐坐。我感动之余有点激动,一来他已是副科级干部,平时政务在身也都比较忙,哪有闲工夫泡茶聊天;二来我们虽然彼此认识这么久,却也从未登门互访,专程聊天还真是机会难得呀。

果不其然,他很准时地来了我家。几杯茶水下去,还真打开了话匣子。由于我们前阵子外出期间偶遇,聊到孩子的学习,他的孩子非常优秀,他总是与孩子像朋友似地交流,时不时询问孩子对一些问题的看法,给了孩子足够的空间自由发展与对等沟通的尊严,所以他的孩子很独立也很自觉,知道现在需要做什么,将来要做什么。接着我们聊到了家庭教育的关键,家长即是孩子的一面镜子:家长够努力,孩子不会学懒;家长够善良,孩子不易学坏。他本人从初中考上重点中专毕业参加工作后,就一直奋斗在晋江市卫生系统,兢兢业业地在防疫站工作,钻研业务,孜孜不倦地参加业务学习,后续学历与日俱增,从初始中专学历积极晋升至硕士学历,期间有了几次竞争上岗的机会,他都勇敢参与,收获了成功。这一二十年来,他不断变换行当与角色,每次转换跑道都无不是一场人生的挑战,但是总是能得心应手,积极面对,终于成了我们班同学中的骄傲,人生的赢家。他的健谈与学生时代判若两人,人生经历与社会经验成就了他。

聊至最后,他还特别诚恳地对我提出了几点个人建议:一是让我与人交谈时放慢语速,要想好才说,使表达更加清晰易懂;二是让我与人交流时多些倾听,边听边学会抓重点,力争一言惊人;三是鼓励我专注专业并坚持到底,人生一样可以出彩;四是要学会与孩子交朋友,与孩子同成长共进步。我开玩笑地与他说:"今天早上可真的是听君一席话,胜读十年书!"以后还盼与他多交流多学习,他愉快地接受了我的邀请。我也庆幸我的人生中又遇一贵人,他不仅当我面吐忠言与说箴语,他还将会是我以后人生的一盏明灯,他不愧是我的初中好同桌,好净友。

人生在世,朋友不在于多寡,交得一净友足矣。净友是什么?是当你因"得势"而自满松懈时,不是一味地谄媚奉承,而是能够直言规劝的朋友;是当你"头脑发热"而分不清方向时,不会任由你一错再错,而是敢于"泼冷水"并给予帮助的朋友。所以说,交友本身并不难,难的是要善交净友。

《三国志》中有这么一则故事:名将吕岱因欣赏徐原的品性与才志,遂与他交好,不仅赠予财物,而且举荐其官至侍御史。徐原秉性忠直慷慨,对于吕岱的过失也直言不讳,有时还在众人面前公开议论。当有人将这些情况告诉吕岱时,吕岱不仅不反感,反而大加赞赏。等到徐原去世,吕岱极为痛苦悲哀,说道:"德渊,吕岱之益友,今不幸,岱复於何闻过?"吕岱的悲痛之处在于,失去的不仅仅是一个朋友,更是一位难得的净友。

古语有云:"相识满天下,知心能几人。"有的人看似朋友很多,然大多停留在"酒肉之友""点头之交"上,不足以坦诚相待,互相扶持,共同进步。尤其是对于党员干部而言,随着岗位的变动,有更多机会接触各式各样的朋友,是停留在表面甘当权势之交,还是摆脱利益的牵绊而成为君子之交,这就需要其更加严格地要求自己,拥有明辨是非的能力,以慧眼识得净友,用真心交下净友。

净友多是吐忠言的,忠言虽逆耳却利于行。习主席的父亲习仲勋同志当年也曾说过:"交朋友,还要交畏友、净友。就是要同那些刚正不阿,直言不讳,敢于提出不同意见和批评的人做朋友。"此乃金玉良言,值得我们后来人学习和借鉴。

我们要善交净友,彼此之间能够坦诚相待,交心共勉,既要抹得开面子、指的出缺点,更要勇于担起责任帮助其改正错误、弥补不足。同时,又要发扬民主集中制,主动接受批评和自我批评,既不因"身份""地位"而自视甚高,独断专行,大搞"一言堂",也不妄自菲薄,失去分辨是非的能力,凡事都听信于人。只有如此,方能在大是大非面前做出正确抉择,在人生之路上走得长久而稳妥。

# 今世缘,今生报

## ——《晋江经济报》与我相知相伴

　　与《晋江经济报》相识多年,但对她产生深厚的感情,却是近几年的事,由于家里订报的缘故,这期间我是天天必读。同时作为一名业余的写作爱好者、《晋江经济报》的忠实读者,我写的征文稿件、通讯先后刊登在了《晋江经济报》上,与《晋江经济报》结缘由此而起。

　　从大学毕业被分配到单位工作时开始,我就尝试着给杂志、报社投稿,可是发出去的稿件往往都没有回音。对此,我并不灰心,而是不断查找原因,深入分析新闻写作规律。经过长时间的刻苦努力,记得那是 2002 年 4 月,我写的纪实稿件《电虽无情人有情》一文,发出后不到七天,就刊登在《中国电力报》上,随后此文又被泉州电业局、福建省电力公司、国家电力集团公司等门户网站转载。2008年《晋江经济报》"三八"节征文,我积极筹稿,将我母亲上老年大学的真实经历写成人物稿件《老妈上大学》,终获《晋江经济报》编辑赏识得以刊登在 2008 年 4 月23 日的《晋江经济报》第七版文学专刊上。父亲节前夕,我有感而发写的纪念我父亲的文章《怀念父亲》一文也得以刊登在《晋江经济报》2008 年 6 月 14 日五里桥专刊父爱专栏。一次次看到自己的文章以铅字的形式出现在报纸上,我激动和欣慰的心情无以言表。这对我这个刚学习新闻写作的业余写手来说真的是莫大的鼓舞。报社编辑老师对每一名通讯员的来稿都仔细阅读、耐心修改,并与通讯员及时交流心得、传递体会的高度敬业精神,这鼓励着我要写出更多更好的文章。现在的我,经常是白天工作之余收集新闻素材,有好的素材时晚上就挑灯夜战连续写稿到深夜。为了不断提高自己的写作水平,锻炼逻辑思维、理性分析和布局谋篇的能力,我努力尝试着写通讯稿。截至目前,已累计在单位内外网以及报刊发稿四十余篇,其中通讯稿件就有数十篇。

我之所以爱上《晋江经济报》,一是因为她格调高雅、有实事求是之意而无哗众取宠之心,不像有的报纸为了追求发行量,为迎合某些人的胃口而登一些趣味低下、纯为猎奇的东西。《晋江经济报》集新闻性、知识性、娱乐性于一体,具有极强的可读性。二是她很大众化,雅俗共赏,内容丰富,通俗易懂,文章精悍,使人读起来舒服,适合各种文化层次的读者,所以,她能成为广大读者的良师益友。三是报纸知识性强、覆盖面广,所介绍的各种知识,对人们的生活和身心健康、提高个人的综合素质均有很大的帮助,使读者看报之后,获益匪浅。

的确,一份好的报纸办起来是很不容易的,而要使她永葆活力,吸引读者,就必须不断地追求和创新。在此,也向报纸提两点小建议,希望有益于报纸:一是建议增加生活化的版面,介绍一些生活小常识、健康常识等,使报纸可看性更足,版面更加鲜活。二是多采用基层作者的稿件。目前,各大报纸竞争激烈,为吸引、赢得广大读者,建议报纸多采用各地基层作者有价值的高质量稿件。实践证明,如选用了某地作者的一篇稿件,由于地域和群体效应,其声誉在当地可就大多了,无形中就扩大了报纸的影响。随着《晋江经济报》的知名度和社会效益的明显提高,读者及订户数量也会稳中有升。

# 潮州古城　品味之旅

又到一年盛夏时节，为了更好地总结上半年工作，冲刺全年工作任务，生技部及时组织部门员工开展一趟别开生面的旅途。8月17日利用周末休息时间，生技部一行人相约前往潮州古城，一起品味不一样的东粤文化。

下午刚到，大家就迫不及待地游览泰王钦赐的"淡浮文物院"，规模恢宏的淡浮院坐落于风景秀丽的森林公园中，这里林野广袤，空气清新如洗，处处鸟语花香，仿如置身世外桃源。此院的选址和建筑设计均出自泰国国师之手，出神入化，精致奇妙。大院的"中国历代书法碑林"镌刻着中国历代著名书法家的传世之作。淡浮文物院风景区刚刚完成二期的建设，由泰王国诗琳通公主新自护送金佛及大量的旷世奇珍异宝，安置在新落成的大殿里，供游人参观。

随着团队的脚步，大伙一起步入佛教千年名刹——开元寺，一座与泉州开元同名寺庙，始建于唐朝开元年间，历经岁月沧桑，也是目前全国保留仅存的两座开元寺。导游一个劲地介绍这座开元寺的独特之处，更突显东粤文化的与众不同。

接着一行人又乘"人力黄包车"进入潮州古民居群——甲第巷。状元及第、大夫第、资政第，座座古院落林立于前，远处传来悠扬的地方戏剧唱段，柔和地和眼前的景观融合在一起，让你感受到一种南方小城的独特韵味。然后游览风光旖旎之潮州古城墙、江滨文化走廊，饱览潮州三山一水环绕的秀丽风光。立于中国四大古桥之一的湘子桥外观留影。接着大伙跟随团队一起漫步国内最大型的百年牌坊街,行走在潮州古城中,仿如穿梭时空,昔日繁华景象重现眼前。

第二日一大早,原本计划前往凤溪青龙潭漂流,青龙潭因潭水清碧甘甜,蜿蜒若龙,犹如龙腾云海若隐若现而得名。导游介绍坐上竹筏,体验凤凰溪竹筏第一漂,两岸的景色幽静、冰臼云集、果树翠绿、鸭子自在地优游,溪水清澈迷人,轻松、清悠,这一切都仿佛进入了世外桃源,将会让人流连忘返。不过由于前几天台风登陆,雨天水库放水,考虑漂流人身安全,团队临时决定取消竹筏漂流,虽然留下了点遗憾,但更体现我们作为企业员工良好的安全意识和精诚合作的团队精神,这或许是这趟旅途激发出来的另一种隐形的企业文化。

继游幽峪逸林生态旅游区,它是一个集山水瀑布群于一体,汇探险寻幽、休闲浪漫、烧烤游玩、旅游餐饮为主题的自然风景区。区内缊藏六个大小不一、形态各异的水流瀑布群,浓郁的亚热带森林特色山沟峡谷,步步有景,令人目不暇接。奔流而下的瀑布群组成的景区中有清澈见底的清潭,深幽宁静的石洞、千姿百态的岩石、荆棘丛生的原始雨林灌木……大自然恬静、秀美、博大的情怀令人心旷神怡,展现着一幅人与自然和谐相处的美丽园景,令人流连忘返。

往返途中,驾车师傅特地连续播放了 2011 年中国达人秀从海选到总决赛的录播视频。看着中国男女老少达人精彩的表演与三位评委专业又不失幽默的点评,菜花甜妈改编的意大利歌曲今夜无人入眠里一句"送你葱……"令大家印象颇深,一车人欢声笑语,不知不觉中也有了自己心中的达人。同车年纪最小的一小朋友下车前,突然冲大伙来了一句"送你葱……"看来他也不虚此行啊!

# 星光,点亮我漫漫文学路

　　与《星光》相识多年,但对伊产生深厚的感情,却是近些年的事。由于入会晋江青年文学协会的缘故,这期间我是经常从《星光》读到不少文学佳作;还因此知道星光杂志创办于1978年原名"新光",是伴随着改革开放的春风诞生的一份晋江地方综合性文艺刊物,现已经出版一百三十期,即将迎来创刊四十周年大喜之日。作为一名业余的文学爱好者,我写的征文或稿件、通讯先后陆续获刊登在了《星光》《晋江经济报》与《晋江青年文学》等文学版面上,与《星光》结缘由此而生。近日欣闻,年初所写《老家的门头联》一文再度入选《星光》,激动之余也感恩,感恩文学路上总也有贵人在召唤,鼓舞我坚持写我所思,思我所写。

　　从大学毕业被分配到单位工作时开始,我就尝试着给杂志社、报社投稿,可是发出去的稿件往往都没有回音。对此,我并不灰心,而是不断查找原因,并深入分析新闻写作规律。经过长时间的刻苦努力,终于在2002年4月,我写的本人纪实稿件《电虽无情人有情》一文,发出后不到七天,就刊登在《中国电力报》上,随后此文又被泉州电业局、福建省电力公司、国家电力集团公司等门户网站转载。2008年《晋江经济报》"三八"节征文,我将我母亲上老年大学的真实经历写成人物稿件《老妈上大学》,终获《晋江经济报》编辑赏识得以刊登在 2008年4月23日的《晋江经济报》第七版文学专刊上。父亲节前夕,我有感而发写的纪念我父亲的文章《怀念父亲》一文也得以刊登在《晋江经济报》2008年6月14日五里桥专刊父爱专栏。一次次看到自己的文章以铅字的形式出现在杂志、报纸上,我激动和欣慰的心情无以言表。这对我这个刚学习新闻写作的业余写手来说真的是莫大的鼓舞。杂志、报社编辑老师对每一名通讯员的来稿都仔细阅读、耐心修改，并与通讯员及时交流心得、传递体会的高度敬业精神，激励着我要写出更多更好的文章。现在的我，经常是白天工作之余收集新闻素材，有好的素材时晚上就挑灯夜战连续写稿到深夜。为了不断提高自己的写作水平，锻炼逻辑思维、理性分析和布局谋篇的能力，我努力尝试着写通讯稿。截至目前，累计在单位内外通讯网站以及报刊发稿数百篇，其中通讯稿件就有上百篇。其中《我送母亲上大学》一文荣获 2011 年晋江经济报"我与晋江老年大学"主题征文比赛二等奖；《深深的怀念》一文被入编《晋江青年文学（2009 卷）》；《发掘你的正能量》还获刊载国家电网公司亮报 2014 年 9 月 3 号版；《忆苦思甜，让幸福感倍增》一文刊载 2014 年 12 月 12 日福建电力报；《忆苦思甜话幸福》同时入选晋江市青年文联 2014 年《星光》年度杂志与《晋江青年文学 2011—2014 年汇编》；《老家的门头联》入选 2017 年第三期《星光》杂志。

《星光》杂志坚持"写晋江人，晋江人写"的办刊原则，以宣传晋江、宣传晋江文艺，培养晋江文艺新人为己任，为晋江文艺事业的繁荣发展，尤其是"晋江诗群""晋江文学现象"乃至"文学的晋江现象"的常识做出应有的贡献。我之所以爱上《星光》，一是因为伊格调高雅、有实事求是之意而无哗众取宠之心，不像有的杂志为了追求发行量，为迎合某些人的胃口而登一些趣味低下、纯为猎奇的东西。《星光》集文学性与原创性于一体，具有极强的可读性。二是伊很大众化，雅俗共赏，内容丰富，通俗易懂，文章精悍，使人读起来舒服，适合各种文化层次的读者，所以，她能成为广大读者的良师益友。的确，一份好的杂志办起来是很不容易的，而要使它永葆活力，吸引读者，就必须不断地追求和创新。随着《星光》知名度和社会效应的明显提高，读者数量稳中有升应该指日可待。

《星光》即将点亮我漫漫文学路伴我行，我唯有不忘初心，砥砺前行。

# 快乐工作 泰宁生活

## ——大金湖游记

　　顶着夏日的酷暑，为了充分享受周末休闲时光，2012年7月下旬，跟随单位部门组织，一起前往三明泰宁大金湖，开展了一场别开生面的部门员工培训之旅。

　　一路上欢声笑语，聊聊说说，由于同行的大部分人都没去过大金湖，大家对这趟行程同样都充满了无限期待。经过近五个小时长途车程，终于到达目的地。大伙本着对大金湖的向往，一下车便直奔湖边候船。上了游船，远眺湖光山色，波光粼粼，相机拍个不停。到了斜线天景区，一船人一涌而出，一会儿工夫又鱼贯而入，一个个大汗淋漓，开心地聊着独特的斜线天与一线天的差别所在，毫无累意。船在湖上穿梭，人心在山景之间徘徊，猫儿山、仙字壁、三剑锋、寿字壁、情侣峰……一一映入眼帘，简直就像人间仙境，大家在云游。接着怀着一颗虔诚、感恩的心，大伙又一起登上了千年古刹——甘露寺，对古人的精巧构思和古代的能工巧匠们精心建在山崖峭壁间的这座古庙，简直叹为观止，直呼不虚此行。大金湖还真是不愧有"丹霞天踪、碧水灵趣"之美称，一船行程下来，不仅可近观水际瀑布、野趣源，方可远眺尚书墓、天书真迹、鸳鸯湖、赤壁丹崖，好不容易上了岸，大伙赶紧在湖边来了张大合影，以示纪念。

　　第二天，一团的人一大早就等候在酒店大堂，出发前往酒店对面的地质博物馆，观看了一场惊心动魄的四维电影《天赐泰宁》，震撼人心。大家对接下来要去的上清溪和寨下大峡谷有了美好的第一印象，赶紧在博物馆景区门口留下宝贵的倩影。随后,大家继续前往本次旅途的第二站——上清溪漂流,蜿蜒于荒无人烟的赤石翠峰之间,两岸壁立千仞,奇岩跋扈,天为山欺,水求石放,有仙家帆船、小三峡、落霞壁等,欣赏九十九曲、八十八滩、七十七弯、六十六峰、五十五岩、四十四景、三十三里,在其中尽览上清溪的野、趣、幽、奇。一路上竹筏的两位艄公谈笑风生,为大家述说着丹霞地貌的无比传奇和撑排生活的艰苦与乐趣。一路漂流下来,看看两位艄公汗流浃背,却毫无半丝怨言,大伙赶紧集钱给了两位艄公加了辛苦费茶水钱。想想我们日常的工作与生活,何尝不也可以如此来过。懂得快乐工作的人,生活同样可以过得像两位艄公一般:快快乐乐、开开心心地工作,泰然自若、宁静致远地生活——即所谓泰宁生活。

下午的行程更少不了去寨下大峡谷。峡谷深邃幽长,丹崖斑斓,奇险峻秀,谷内植物茂密,环境清幽,修竹生机盎然,藤萝攀岩附树,置身峡谷之中,蓝天滴翠,白云吐珠,流水潺潺,绿润如竹,恍若置身于世外桃源。一行人在峡谷里穿梭,一路上亲眼见证了山崩地裂、水滴石穿、造化弄人的大自然遗迹,看着峡谷里郁郁葱葱的远古白垩纪活化石植物——桫椤,聊着大自然的鬼斧神工和神奇的生命力,在惊叹大自然的无上威力与无限魅力之余,深深感叹人类在自然灾害面前的无能为力与无限渺小。一路走走停停,行走至峡谷尾段,随行的几位小朋友有点儿走不动了,导游顺势指了条林间小道,领着一帮人先行下谷了,剩下几名勇者独自沿着三叠瀑、金龟寺的指引牌一路往上攀登,没想到真可谓“山重水复疑无路,柳暗花明又一村”。顺着潺潺的水声,三叠瀑接连映入眼帘,清澈的流水冰凉透心,三叠瀑布就在眼前,同伴们一个个赶紧摆好姿势,拍照的人不断按动相机快门,生怕这人间美景瞬间就会从身边溜走。从金龟寺往后看,真可谓雄伟壮观,无限风光在险峰。顺着石阶一路往峡谷下方行走,同伴们聊到了老子与道家学说,聊到善与恶,美与丑,爱与愁,聊到厚德载物与厚道待人,谦逊为人与慈悲为怀……一路领悟道德的真谛,更坚定了大家“与人为善,和睦相处”的为人处世哲学和从自己做起,坚守“勿以善小而不为,勿以恶小而为之”的人生信仰,所有人的心灵更是得到一趟清新的思想洗礼。

在大峡谷出口处,一行人接连来了两张大合照,依依不舍地结束了愉快的旅行。回程途中，大伙都觉得不枉此行。对这趟培训之旅有了更深的体会，心灵上也得到了一次宝贵的升华之旅，对日后的工作与生活似乎也都有了另一番共识与默契——快乐工作、泰宁生活。

# 印象晋江之南　滨海旅游新干线

## ——2013 年晋江青年文学协会笔会纪实

8 月 3 日,应晋江市青年文学协会之邀,参加了一场发现美丽晋江的文学笔会。一群晋江籍的青年文学爱好者跟随组委会安排,与省内外热爱晋江这片土地的文学作家、学者,一起开始了一趟魅力晋江之南的采风旅途。

在金井围头村,这块土地曾经作为历史抗敌的最前线,著名的"八二三炮战"也曾经发生在这里,留下了许多革命的遗址。今天我们就从这里出发,开始了我们的红色革命之旅。当时炮击金门的目的,主要是为了牵制美帝国主义。那个时候是 1958 年 8 月 23 日,下午 5 点多钟,阵地开始打炮,当时打得真的是太激烈了,那个炮弹满地都有,有很多英雄、烈士献出了自己的生命。

参观了该村的战地文化与渔村文化。围头港宋时就是有名的渔村,如今最著名的是一栋沧桑小楼——毓秀楼。该楼据称为旅菲乡侨吴天敬于 1931 年建造,所用的钢筋、水泥都从菲律宾运来。即使满身的伤痕,这楼在今天看来仍然美观大气。小楼曾经悠然自得,但后来成了解放军海岸炮兵某部作战指挥所。在毓秀楼遗址,大家纷纷惊叹这座饱经历史沧桑与战争摧残的楼宇。这座历经八十余年的楼宇,虽然破旧,但见证了海峡两岸战争年代的血雨腥风与两岸现代和平时期的友谊。炮声轰隆中毓秀楼曾经被数十发炮弹击中,门脸坍塌,所幸炮弹穿过只留下弹孔而未爆炸。在"八二三炮战"其中的一个指挥部毓秀楼,当年炮战留下的累累战痕至今仍然是清晰可见,而如今的围头村从当初的"海峡炮战第一村"成为现在的"海峡第一村"。五十多年前,这个不到三平方公里的小渔村曾经落下了五万多发炮弹,地处炮战最前线的围头,也因此闻名于世,被人称为"海峡炮战第一村"。1958年8月23日下午5点30分,围头的解放军炮击金门,对岸还击,炮弹在海湾上空横飞,战事前后一个多月,即"八二三"炮战。

如今的小楼墙壁多损,木格窗棂已经朽坏,水泥楼梯也掉了扶手,五十多年来就这样站在海风中,遥诉当年。毓秀楼楼下就是一个掩体,顺着走下去是一段地道,不远就到了楼后村委会所在地。原来,炮击时指挥部就转到地下,这段宽五米、长二十米的通道,就是临时指挥部。这地道近日才解密,向参观者展示了当年战事。毓秀楼外几百米就是一片临海的空地,表面上平平淡淡,内中却机关遍布。一处堆着沙袋的地方就是钢筋水泥结构的防空洞入口。虽然防空洞内装了路灯,但仍然幽深昏暗,内部弯曲又起伏不平,梯高而急,下梯几乎要飞跑,可见当日紧张局面。距海最近处是一座碉堡,也是防空洞末端。"碉堡四通八达,上下三层,深二十米,长共两百五十米。"村里的洪老伯说,洞里功能齐全,甚至还有战地医院的临时手术台。如今身处秘道,加上仿真音效装置:战火连绵,炮声阵阵,让人热血澎湃。

围头还是闽东南的一颗天然明珠,天气好时,万米之外的金门岛全在眼下。由于台湾海峡激烈的地壳运动,这里的海蚀地貌独特,犹如犬牙交错,鬼斧神工。战地文化加上优美海湾,这里还被评为国家AAA级旅游景区。

来到"八二三战地公园",与同行人员一同参观了地下通道,顿时心情热血澎湃。让我深深地回想起了当时的战争年代,我们这些伟大的战士,用鲜血、身躯,换来了我们今天美好的生活。这里有"八二三炮战"的一些革命遗迹遗址,还有古代从抗倭寇到郑成功、施琅将军蹲兵时挖的井,叫明代古井,这边是抗倭寇的施王府庙。所以这里面融合了近代、古代的革命遗址遗迹,融合在"八二三战地公园",它的意义比较特别。安业民烈士当时在1958年炮战,8月23日那天,他为了掩护海岸炮,为了保护它,烧伤抢救无效,在这边战斗牺牲。

组委会安排,同行人员还随团参观了金井千年古刹——西资岩寺。首次踏进这座在晋江东石镇南天禅寺石佛齐名的古寺,给人感觉庄严肃穆。在一尘不染的寺院里,一起远离尘世的喧嚣,感悟心灵的宁静。

顶着炎炎赤日,一行文人墨客一同前往龙湖施琅将军——靖侯府。在府前广场,一排排石碑林见证现代名人瞻仰大将军纪念馆的足迹。踏进府内,一座典型的闽南大宅院映入眼帘,前堂客厅一樽施琅石雕像威严矗立,客厅墙壁和边房墙壁挂满介绍大将军一生丰功伟绩的复制牌匾。通过府内讲解员介绍,一行人进一步了解施琅家族为官一方,威震四方美名的原因。

　　中午时分,组委会原本计划继续前往深沪古森林遗迹公园鉴赏大自然留下的珍贵遗产,由于涨潮原因不得不取消,为这趟晋南笔会留下点小小的遗憾。深沪海鲜酒楼午餐过后,笔友们结束这一趟发现魅力晋江的旅途。

　　晋江,我的美丽家乡,期待下一趟发现之旅。

# 走进鲁迅故里，感受绍兴文化

听人家说鲁迅故里是个旅游胜地，我一直等了好久，终于有机会去看看了。这次我们单位两个部门二十来位同事一齐乘坐动车，前往绍兴走进鲁迅故里，体会鲁迅笔下的故乡，来了一趟绍兴文化之旅。

走进鲁迅故里，第一个看到的就是两个石头人，一个是先生，一个是学生。先生好像在讲课，那个学生好像有什么问题要老师。什么问题呢？不知道，这石头人被雕得栩栩如生，我已经觉得石头人在动呢！我们随后来到鲁迅读书的地方"三味书屋"，我远远地看见鲁迅的桌角有一个"早"字。这个"早"字有一个故事：鲁迅以前常常迟到，先生会骂他，他为了催自己早睡早起，所以在桌角刻了个小小的"早"字。再往里走就是饭堂，饭堂里的桌椅上的花纹雕刻的十分精巧，墙上有一幅画，画上画着梅花，这让我感到鲁迅先生和梅花的精神一样，在冬天里，所有的花都谢了，唯独梅花傲然挺立。再继续走就是大堂，大堂里整齐地摆放着五把椅子和两张小方桌，四把椅子放旁边，一把椅子放前面，两张桌子放两把椅子的中间。多么整齐，又是多么简洁。十点了，我依依不舍地离开了，但是心还在鲁迅故里游玩呢！

我带着无比崇敬的心情去参观鲁迅故里，或许是受三味书屋和百草园的故事所吸引吧。因为对鲁迅先生深深的仰慕和敬仰，一路上走马观花的风景便倒头而去，似乎时间过得挺快。

当看到一排排乌篷船停靠在岸边的时候，远远就可以看到上边孔乙己塑像的半个头。戴一副眼镜,一顶黑色的帽子,长长的辫子,修长凌乱的胡子,瘦削的身子,纤瘦的手指间夹颗茴香豆。这就是鲁迅笔下的孔乙己,活生生的。

鲁迅故里是免费开放的。不像绍兴其他旅游景点比如周恩来故居和秋瑾故里、王羲之故居、南越王墓和大禹陵、越王勾践故里,商业味挺浓。所以,门口的广场浮雕面前游客不断,甚至下面的小铜人头和小毡帽都被抚摸的光滑闪亮。领到门票后,就沿着这条仿古街道走进鲁迅祖居。

这是一座陈旧的瓦房,三米高的墙面已经凹凸不平,屋顶上的瓦间铺些青苔,木制柱梁也已腐蚀,爬满蜘蛛丝,似乎风一扬就要掉下来。大堂正上方挂一块匾,下面一幅巨大的画,由于某些原因,只可远观不可近玩也。但是上面落满的灰尘,足已证明历史的沧桑和变迁。里面一个一个房间犹如迷宫一样,大同小异。鲁迅小时候用过的主人房、读书房、画房、佛房、浴房、琴房、绣房、婚房、厨房、杂物房。个个房间都只有十多平方米,倘若不开灯,真无法看清墙上写的是什么字。其实这些房子,我们农村也有,不过结构上面有区别,毕竟这里是江南特色。当这些房子看完的时候,天都暗下来了。天公不作美啊。下起了小雨,游客跑得慌。

下雨的街道宽敞了许多,咸亨酒铺招徕客人的酒旗,还能听见小贩叫卖特色小吃的吆喝声,那些饰品,吉祥物的铺子,典当铺头,清式的房子建筑,在雨中竟然是如此的美丽。江南小镇的老街,至今仍然保持了古越的面貌。

今天身临其境,细细品味雨中的江南,当年社戏的水上戏台,万盛米行的河埠头,乌篷船队,孔乙己身旁的黄酒铺,还有三味书屋……

最难找的就算是百草园和三味书屋。

相传百草园是荒废的园子,却是鲁迅小时候的乐园。走进故居,七拐八拐才到一个后院,墙上的青蔓爬的老高老高。多年的风雨将墙面洗刷过得沙硕累累,如一粒一粒的黄豆。西边的矮墙已经和杂草打成堆,只是那深蓝色的砖块可以忆起书里的捉迷藏的故事。沿着矮墙一直走到碧绿的菜畦,如今种满了豌豆,结满了豆荚。旁边的两棵桑葚,枝叶茂盛,如孪生姐妹一样。园子中间的是石井栏,小小的一口井,已经枯了,井栏的确磨得光滑。南面的是肥大的皂荚树,现在已经很老了,叶子也很少了,树干还是很粗,周围被铁架支起来。旁边的南方皂荚(听说的),挂满了皂角,当时移植在这里,可能别有用意。隔壁的朱家花园就没有去看了。想想看了也是一样。

园子对面河边的古式深红色的房子,就是当年的三味书屋了。

书屋正中央上方挂一块匾,写着三味书屋,就是当年鲁迅先生念书的私塾了,中间的大方桌,就是老师寿镜吾先生的讲台桌,书屋里只有八张课桌,听说都是学生自己家里带来的,也就是只有八个学生。书屋东北角的那个座位就是当年鲁迅读书用的。现在要靠绳子缠着,要不就会散掉,桌面上方放一块玻璃(后人放的),玻璃压着的就是鲁迅亲手刻画的"早"字。

外面的雨下得很大,游客也陆陆续续离去,似乎整个三味书屋就只剩下我们这一团和几个工作人员了。房子里很静,门口的导游小妹在那里念经一样反复讲解那些历史典故,听得年老的游人跟工作人员一样,昏昏欲睡。

天黑时分,我发现自己又累又饿了。才想起当天中午我在动车上仅吃了一碗泡面……

第二天行程我们前往美女西施故里——诸暨,西施殿位于城南苎萝山下,宾沙江畔。沿路参观了西施殿和中国历代名媛馆,感受吴越时代西施的凄美,浏览中国历代名媛,不仅有才女、孝女,还有侠女、将女等各类出类拔萃的中国女性;同时也深深感受到中国历史上女性的伟大:她们不光都有亮丽的外貌,更有和男性一样非凡的才能与高尚的品德,因而她们的历史的长河中流芳百世。在范蠡祠看到了以范蠡军事政治才能和商业才能已经生平业绩为主要展示内容。途中我们还游览书法圣地——兰亭。体验曲水流觞、书法描红、兰亭熙鹅,兰亭十八缸等历史活动模拟展示。下午紧接着游览国家 AAAA 级景区——五泄风景区,观赏轻薄荡漾的五泄湖,漫步五彩缤纷的树林:有黄色的银杏树、红色的枫树、绿色的柳树……览胜"一水五折"的五泄飞瀑,体验瀑布跌宕起伏和雄伟壮观。

第三天我们游览了柯岩鉴湖鲁镇风景区:柯岩镜水湾、石佛、越中名士苑等景点,鉴湖南洋秋泛、东汉笛亭、五桥步月、葫芦醉岛,鲁镇水乡景区等,感受纯正江南水乡似水风情。遇见了近乎真实版的祥林嫂和阿 Q 和镇公所里的兵衙,好多游客开心地与鲁迅笔下的经典人物来个时空穿越和珍贵合影。

这趟旅行让我有一种说不出的震撼：一个没有历史和文化的城市将会多么虚无和缥缈；反而那些注重历史文化保护的城市却是多么的真实和深厚！

　　绍兴,值得再来!

往事如烟

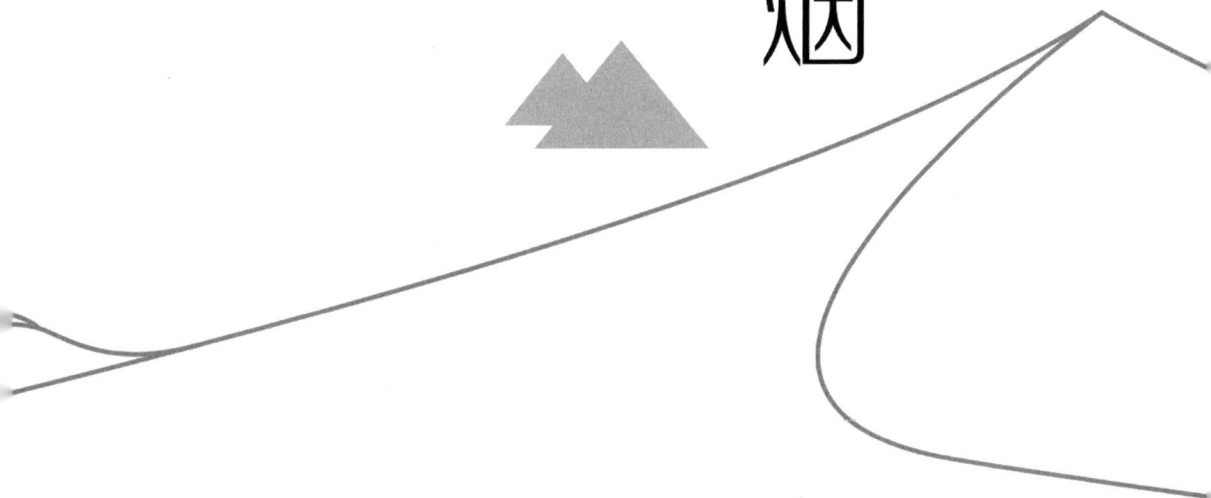

# 当代白求恩——我眼中的韦加宁大夫

看了中央电视台的《新闻联播》和《焦点访谈》，我的心久久不能平静。真是天妒英才啊！像韦加宁大夫这么一位医术精湛、医德高尚的再世华佗，怎么就患上了这人间绝症呢？

提起韦大夫，得从我本人遭遇的人生之大不幸说起。1998年夏天，我因在一场工伤事故中严重受伤，在当地医院抢救活下来后，于当年年底随即转往北京继续进行后期治疗。刚到北京不久，我就从一些病友口中亲耳闻听了韦大夫的医术和医德，刚开始还以为病友有点言过其实。直至有一次，一好心的病友带我前往积水潭医院去看韦大夫的门诊后，我才信服韦大夫的医术和医德。记得那天我们去迟了，没能排上韦大夫的门诊号，因为看韦大夫门诊的病人特别多，有一些还是从天南地北慕其名而来的，不赶在早上6点钟前到医院排队往往挂不上他的号。一同前往的病友安慰我说，再耐心等等，看下午韦大夫看完门诊后能否给加个号，帮我瞧瞧手。

果不出所料，韦大夫的门诊从早上7点半一直看到下午3点多钟才结束，这中途也不见他停下来吃饭、休息过。一同前去的病友由于已经找韦大夫做过几次手术，他便上前与韦大夫介绍了一下我.韦大夫瞧我伤得这么厉害，二话不说，马上又坐下来仔细地询问了我的病情，认真地为我讲解像我这样的情况，得做几次手术，术后能达到什么样的效果，并形象地画上手术前和手术后的手形图谱，画得确实很逼真。讲解完后，韦大夫还不忘记安慰我说，像我的手伤情况，还不算是最严重的,经过几次手术后仍可恢复手的一部分基本功能,包括吃饭、写字、上厕所等。听了韦大夫的话,我大大增强了康复的信心和重新生活的希望。一半天下来,韦大夫一心只为病人着想的精神,确实令我感动不已。

看了中央电视台的新闻,韦大夫受到了党和国家领导人的亲切接见,并获得中国卫生界最高荣誉——白求恩勋章。我觉得像韦加宁这么一位在病人和群众中口碑如此之好的大夫,理应引起舆论的重视和宣传。他能获得如此成就,可以说是实至名归了。唯一令我心寒的是,一直以病人为中心、孜孜不倦、忘我工作的韦大夫却不幸罹患了晚期癌症,然而在他生命的最后日子里,他还在与病魔做殊死的搏斗,和时间赛跑,倾全力将其一生所积累的技术和经验用手形图谱的方式总结和保留下来,传给他的学生和医界同行。韦大夫留给世人的不仅仅是他的这些图谱,更重要的是他留给后人一笔宝贵的精神财富。韦加宁大夫,我在远方用血和泪为你祈祷!

# 电虽无情人有情

1998 年的夏天,我因在晋江磁灶 110 千伏变电站检修时,遭遇了突如其来的高压电袭击,造成全身 85% 以上大面积烧伤,生命危在旦夕。

事故发生后,公司领导高度重视,成立了专门的应急工作小组负责我的抢救事宜及后勤保障。公司蔡经理更是明确表示将全力以赴挽救我的生命,并动员人力、物力、千方百计给予支援。其后经过泉州一八〇医院烧伤科全体医护人员奋力抢救及单位的全力支援和家属全身心配合,我终于脱离了险境,从死亡边缘被拉了回来。但此时的我全身已面目全非,行动功能丧失殆尽,不仅仅走路困难,上身力保下来的右手臂也动弹不得,我几乎完全丧失了生活的信心,我的人生从此变成了黑白。

后来,经医生建议,决定转往北京三〇四医院继续进行后期的整形和康复治疗。在北京期间,经过三〇四医院烧伤整形科京萨大夫多次手术,后来又找到了北京积水潭医院手外科专家韦加宁大夫专门做了几次手部的手术,并结合当地医院开展的康复治疗,取得了一些实际疗效,我恢复了部分行动的自由及右手的一些基本功能,这才使我重新恢复了生活的希望。

在北京住院期间,我有幸遇上了一位在医院上班的好心姑娘,她知道我的遭遇后,对我深表同情。她非但不嫌弃我,反而还时常给我帮忙,鼓励我康复后重新走向生活。经过一段时间的交流和单位及家庭的思想工作,她顶住了压力,毅然决定陪伴在我身边照顾我。她的勇气不仅使我这一辈子感激不尽,也感染了周围的人们。单位同事曾由衷地对她说："你是一位了不起的好姑娘,你是好样的!"如今,在单位领导的关心和周围同事的帮忙下,我和我的爱人双双走上了新的工作岗位,开始了崭新的生活。2002年年底我们又增加一位家庭小成员,我的家人也恢复了往日的平静,我的生活从此又有了色彩。

　　在经历了这场人生的浩劫后,我充分地感受到一股人间的真情和家庭的温暖。我能从死亡边缘重新回到今日的生活,是我在受伤初期想都未曾想到的。现在的我心中有太多的感激,我要感谢所有抢救、关心和帮助我走出人生低谷的人们及我的家人和爱人,我只愿发自肺腑地对你们说一声:"好人一生平安,人间真情永驻!"

# 父亲的叮咛

又近一年清明节,想起逝去的亲人倍感怀念。我的父亲虽然离开我们已经近十一个年头,但是如今回忆起他老人家的音容笑貌,仍历历在目;尤其是他在世时对我们几位儿女的谆谆教诲与叮咛,言犹在耳,令我们在人生的道路上,披荆斩棘、奋勇前行。

父亲出生于中华人民共和国成立前,他二十岁出头就从福建省农机学校毕业开始参加工作,期间辗转八闽大地,先后在福州福建省农机所、三明明溪的农业战线上一干就是二十多年,其后又调动返乡,继续奋战在晋江的农业系统,直至光荣退休。一生艰难的岁月和的劳碌奔波,成就了他艰苦奋斗,坚强乐观的性格。

父亲在世时对我们说得最多的一句话就是"学习工作要比上,比上不足;生活享受要比下,比下有余"。这句话的意思是教育我们在人生的道路上,一定要保持一颗健康良好的心态,在学习与工作中要向比我们优秀出色的人看齐、学习,善于发现别人的长处、改进自己的短处、努力拼搏;在生活中反而要比比那些比我们艰难困苦的人,不图享受、珍惜当下所拥有,才不会好高骛远、缘木求鱼。只有这样,每个人才会不断进步又不会忘本。

在如今你追我赶、竞争激烈、物欲横流的社会变迁中,我总觉得父亲的这句叮咛对我受益匪浅。人生本来就是如此纷繁复杂,攀比是人的本性,保持良好的心态很重要。父亲的叮咛给了我很大的启发:不以物喜,不以己悲;吸取他人精华,为我所用;珍惜所拥有的一切、知足常乐,才会感受到幸福。健康的心态才会成就良好的人生。夜郎自大、自以为是,贪图享受、随波逐流,到最后只能荒废自己的人生。坚持同样也很重要,只要是正确的事情,只有不间断坚持不懈地做,即使是小事情,认真做好了,你也会成为事业佼佼者和行家。我总觉得我能坚持到今天,与父亲在世时的谆谆教诲以及人生观教育有很大关系,在人生的战场里,唯有清醒地认识自己,时刻保持健康的心态,才不会怨天尤人、不思进取、虚度一生。

现在又轮到我们晚辈当父亲教育小孩的时候了,我经常把父亲叮咛过我们的这段话传授给下一代,将家父遗训继续发扬下去,希望能对他们的学习与工作有所帮助,也希望能对周边亲戚、朋友有所裨益。

父亲、我将永远怀念你。我一生将以你为榜样,不忘遗训,薪火相传。安息吧,父亲。

于 2016 年清明节来临之际

# 父亲的微笑

父亲离开我们一转眼已经有十三个年头,但我对父亲的思念却一如往昔,依然如故。他的音容仍时不时地浮现在我的脑海,尤其是他生时对我们的谆谆教诲,更令我永生难忘!

父亲是位严肃认真、不苟言笑的人,一生坎坷的经历令他总能保持一颗平静的心,不以物喜,不以己悲。但是父亲平时遇外人总能面带微笑,与人为善,真诚待人。可一回到家,在家人面前,他却总保持一副酷酷紧绷的脸,不喜言笑,但是有一回在家人面前露出了久违的微笑。那是在我与爱人刚结婚后不久的一段时间,我们与父母亲住在一起,爱人是北方人,其人心善也耿直,私下有觉得我父亲平时在家怎么这么严肃。有回围桌吃饭时,她笑着与父亲聊起这事,父亲竟然笑着回答说自己有那么严肃吗?从那以后,父亲开始也面带微笑地喊我们吃饭、喝茶、聊天,像变了个人似的。经过了这么多年,再次回想起当年我经历的痛苦遭遇,父亲陪伴我度过了生命里最难熬的一千多个日日夜夜,直到我找到了生命中另一半值得终生托付的爱人,才放下了心里的苦闷,他的微笑无疑是饱含了对我善良的爱人一种高度的认可与赞赏,更是对我遭遇人生苦难终结的一丝宽慰与对我个人家庭未来一种满心的期待。

时光如梭,岁月似箭。一晃又过了十几年,我们夫妇在各自岗位上兢兢业业地工作,日子一如平常。当年幸运降临我家的小男孩,如今也慢慢长成为帅小伙,已经进入人生关键的求学求知阶段。当年父亲的微笑,至今仍令我难忘:父亲的微笑,教会我如何面对挫折,鼓舞我奋勇前行;父亲的微笑,教会我做人的道理,生活中要与人为善;父亲的微笑,教会我生活的哲理,遇事务必戒骄戒躁;父亲的微笑,还教会我人间正道是沧桑,不忘初心最可贵。

希望父亲在另外的世界里,一如往昔地微笑。

含泪记于 2017 年 4 月 18 日深夜家中

# 怀念我的父亲

在得知父亲已经是肺癌晚期时，我们一家人都惊慌失措了。原先父亲一直不大肯去医院检查身体，他或许早已知道自己的病情，只是一直瞒着我们而已。当时，我们都不愿、也不敢去想那结果会怎样，我们所能做的只是逼着父亲去泉州的一所医院。

然而，事情并没有朝着我们所期望的方向发展，父亲的病情越来越严重，最终恶化到连进食都困难了。医生淡淡地说：他是一个坚强的人，但我们已经尽力了。在父亲拒不吃药打针的情况下，家里只好把他转回县城的一家医院，由母亲留下来照顾父亲。父亲一直不让我和爱人去看他，他要我们安心地工作，照顾好我们的孩子。

我们不希望的事情终于还是发生了，县城的医院通知说父亲已经不行，让家里人准备后事。母亲态度坚决地要求让父亲在自己的老家过完最后的日子，家里人就只有用救护车把父亲接回去。我坐在堂屋的门槛上静静地守望父亲归来，现在已记不清当时在想些什么。母亲目光呆滞地坐在房间一角椅子上，大哥、大姐也坐在母亲的身旁，谁都没有说话。屋里传来母亲啜泣的声音，我没有进屋，靠在屋外的墙角蜷缩下来。

2004年农历五月十六，那一天夏日显得特别短。

这天早上，我和我爱人本想到镇上大姐家洗个澡，没想车刚到，就接到小妹打来的电话喊着："二哥，快回来……爸快不行了……他想看咱们一眼！"我们一路发疯地狂奔,我知道自己离父亲越来越近了,也感觉父亲向我伸出的手正在离我远去,但怎么也抓不住它。当前方飘忽的哭声传进我的耳朵时,我感到一阵战栗,头脑一片空白,我从来就不知道哭声原来可以如此恐怖。我终于见到了父亲,他静静地躺在大堂边窄窄的几张床板上,气息已十分微弱,脉搏几乎摸不着,母亲拽起我的手,让我帮父亲洗最后一把脸。过了一会,我跪在父亲面前,可是他已经永远地闭上了眼睛。小妹哭诉着说,父亲一直想坐起来看看朝阳。我能够一次次看见太阳从东方升起,然而我再也见不到父亲了。

父亲走了,薄薄的一层布却隔断了两个世界,我在外头,父亲在里头。人们开导母亲说:人死不能复生,节哀顺变。我却一直不愿意承认父亲已经离我们而去,我相信人是有灵魂的,父亲一定是在另一个地方和以前一样关爱着我们。

父亲陈启闽是一个平凡的人,虽然没有成就一番伟大的事业,但是在我心里就如他的名字一样威严、高大。是他给了我生命,是他给了我生活的勇气和力量,还有我一直引以为豪的姓名。

我深爱着我的父亲。思念,让父亲永远和我在一起。

# 九月九话重阳

"独在异乡为异客，每逢佳节倍思亲。遥知兄弟登高处，遍插茱萸少一人。"王维的这首《九月九日忆山东兄弟》的诗篇，千百年来勾起多少人对故乡、对亲人的怀念之情。

周日适逢九月初九，爱妻忽然提议一家老小一起登山去，让我恍然想起这首千古诗篇。虽然诗中所指山东兄弟并非真指山东，而是指当时华山以东的蒲州（今山西永济），王维的家乡就在这一带。想起爱妻当年顶住世俗观念的压力，孤身一人远走他乡，下嫁于我这样一个手脚不灵便之人，其心纯真，其勇可嘉。看爱妻思乡之情溢于言表；而我，感恩之心也忍不住油然而生。十几年来，爱妻自强不息，学业求进，工作之余还相夫教子，毫无怨言，帮助我撑起事业的另一片天，她不仅改变了我跌宕的人生，也改变了我急躁的性格。如今，虽然爱妻的山东兄弟也都相继来到这里打拼，异乡也将渐渐地成为他们的第二故乡，但是原乡人的血，必须流返原乡，才会停止沸腾。故乡永远都是我们所牵挂的，无论你漂流到何方，最容易让我们产生思念的还是我们的故乡。希望往后的日子，我们两一如既往、一路相挺，相濡以沫、相伴到老。

为何九月九日称之为重阳节呢？

因为《易经》中把"六"定为阴数，把"九"定为阳数，九月九日，日月并阳，两九相重，故而叫重阳，也叫重九。

九九重阳，早在春秋战国时的《楚辞》中已提到。屈原的《远游》里写道："集重阳入帝宫兮,造旬始而观清都。"这里的"重阳"是指天,还不是指节日。

"重阳节"名称见于记载却在三国时代。三国时魏文帝曹丕《九日与钟繇书》中,则已明确写出重阳的饮宴了:"岁往月来,忽复九月九日。九为阳数,而日月并应,俗嘉其名,以为宜于长久,故以享宴高会。"

晋代文人陶渊明在《九日闲居》诗序文中说:"余闲居,爱重九之名。秋菊盈园,而持醪靡由,空服九华,寄怀于言。"这里同时提到菊花和酒。大概在魏晋时期,重阳日已有了饮酒、赏菊的做法。到了唐代重阳被正式定为民间的节日。

到明代,九月重阳,皇宫上下要一起吃花糕以庆贺,皇帝要亲自到万岁山登高,以畅秋志,此风俗一直流传到清代。

今天的重阳节,被赋予了新的含义,在 1989 年,我国把每年的九月九日定为老人节,传统与现代巧妙地结合,成为尊老、敬老、爱老、助老的老年人的节日。全国各机关、团体、街道,往往都在此时组织从工作岗位上退下来的老人们秋游赏景,或临水玩乐,或登山健体,让身心都沐浴在大自然的怀抱里。不少家庭的晚辈也会搀扶着年老的长辈到郊外活动或为老人准备一些可口的饮食。

九九重阳,因为与"久久"同音,九在数字中又是最大数,有长久长寿的含意,况且秋季也是一年收获的黄金季节,重阳佳节,寓意深远,人们对此节历来有着特殊的感情,唐诗宋词中有不少贺重阳,咏菊花的诗词佳作。

于是每到重阳,思乡的惆怅就往往伴着许多回忆一起涌上心头,也伴着些许无奈。不知道以后,回家的时间会不会更少;也不知道,这种离家远行能否换来一个所谓出人头地的未来。这种时候,最能体会到古人为何在异乡独自浅酌,靠着一点点醉意来缓解那莫名的愁思。酒醒之后,还得照样去谋生活,但这一夜宿醉,至少可以换个无梦的安眠。

岁岁重阳,今又重阳,茱萸浮暗香。浊酒一杯凭秋霜,忽自思乡,何苦思乡,青山松竹独彷徨。

# 没有父亲的父亲节

父亲节又来了，父亲却早已独自远行，一晃离开我们已经十一年了。

人群中，我开始逃避这个节日。把自己关在房间里——静静怀念、默默流泪。耳畔萦绕着那首流行于 20 世纪 80 年代的张行的歌：你曾经牵着我的手，走过草地，踏过山坡，你说那青山永远挺立，流水它不会停留。哦，父亲，为何你走得匆匆，来不及告诉我，你就走。为何在我最需要您的时候，牵不到你的手……

有一幕景象始终在深刻地印在我的脑海中，挥之不去，不召自来。 那是在父亲昏迷后，年逾八旬的二姑老泪纵痕的在病榻前呼唤：二弟啊，你什么时候可以醒来，什么时候会再喊我一声二姐……那份凄凉让你不得不相信：我们人是有一个大限在等着我们的。无论你多么年轻，无论科技怎样发达，无论你怎样气壮山河，无论你有多少爱与被爱，死亡都是存在的，没有人能够抗拒。

那时候常常在心底许着为父母尽孝的宏愿，却不知道命运从来都是这么充满着偶然。总以为自己还年轻，以为来日方长，以为可以等到一切都水到渠成时再从容尽孝，却不知道"树欲静而风不止，子欲养而亲不待"。拥有父亲的时候，从不曾给陪他过父亲节；没有了父亲，才知道原来一个普普通通的节日也会带给你无限的伤痛——没有了父亲的父亲节，想打个电话问候，电话那端永远不再能传来那慈爱的声音；想买束鲜花祝福，却只能静静地放在墓碑旁。纵有千言万语，也中能一个人默默地呢喃：

　　您走了　尘世中，再没有那株给我遮风挡雨的老树

您走了　静夜里,想起您的时候,我会有一丝孤独

您走了　旅途上,再没有您坚强的扶助

您走了　但您会看到,风雨中一棵小树在披风沐雨、抽枝吐叶、坚强生长

您走了　但您会看到,我已学会给自己的孤独疗伤

您走了　但您会看到,以后的路上,我会走得更加坚强

您静静地远走了呵　风雨过后、尘烟散尽

我会给您一个最灿烂的微笑

——没有你的日子里,我会好好珍惜自己

没有你的岁月里,我会保重我自己

安息吧　亲爱的父亲　天堂也过父亲节吗?

祝您父亲节快乐!

2015 年 8 月 7 日

于晋江青阳

# 深深的怀念

我最亲爱的父亲于 2004 年 7 月 3 日永远地离开了我们。

他病重的几个月，是我一生中最刻骨铭心的日子。他顽强与疾病抗争的身影，永远在定格在我们的记忆中。

父亲陈启闽出生于 1938 年，他二十岁出头开始参加工作。期间辗转八闽大地，先后在福建福州、三明、明溪的农业战线上一干就是三十年，其后又调动返乡，继续奋战在农业系统直至光荣退休。艰苦的岁月和一生的劳碌奔波，成就了他勇往直前，坚强乐观的性格。

2003 年 12 月，他因前列腺炎住进了当地医院，没想到却被确诊为"肺癌（晚期），上锁骨淋巴结转移"。医生考虑到癌症发现较晚，放弃了手术切除治疗，选择了保守的化疗加中医治疗的方案。整整七个月的时间里，由于细菌和霉菌的双重感染，他几乎天天周而复始的在寒战高热（体温三十九至四十度）——药物强行降温的大汗淋漓中度过，低蛋白血症导致全身浮肿，肠梗阻使得腹胀如球。在疾病面前，他坦然面对，用顽强的毅力默默忍受着常人难以想象的痛苦，每当寒战开始，他浑身战栗，犹如寒风中的树叶，瑟瑟发抖，持续大约一两个小时才能缓解，随后，接踵而来的高热又把他抛入另一个痛苦的深渊，体温迅速上升到三十九至四十度，浑身烫得让我们不忍心摸一下，在药物的强行降温下，豆大的汗珠能连续擦湿几条毛巾，有时我们一晚上给他换三次衣服，都像是从水里捞出来的一样。每当这个时候他总是咬紧牙关，一声不吭，我们含着眼泪问他："爸爸，你是不是很难受？"看到我们担心的样子,他摇摇头说:"不难受。"他还告诉我们说:"同意目前的治疗"。

　　一日三餐,对于我们每一个健康人来说,是一件简单得不能再简单的事情了,而对于他来说,则是一件十分困难的事,连续多日的发热、霉菌导致的"鹅口疮"、腹胀以及长期卧床等等,都让他吃饭如嚼蜡。可为了配合治疗,增强体质,他强行要求自己咽下每一口饭,他固执地认为,药物对胃有刺激,因此,拒绝口服大部分药物,以保证自己能多吃一些饭,直到去世,他凭着自己坚强的毅力,连一片止痛药也没有吃过。每当体温稍退,我们就把床头摇起来,让他坐一坐,只有在这个时候,久违了的笑容才会浮现在他慈祥的脸庞上,他抓紧时间,活动胳膊和腿,看着他那被疾病折腾的形销骨立和日渐衰竭的样子,我们都十分难受。而他仍然对生活充满希望,经常反过来安慰我们和妈妈,妙语连珠地说笑着让我们开心,以至于有一段时间我们都被他那坚强和开朗的性格所迷惑,忘记了晚期肿瘤是非常疼痛的,渴望着医学奇迹的出现,能减缓我亲爱的父亲匆匆离去的脚步。

　　然而,在医生的全力救治下,仍未能挽救爸爸的生命,爸爸带着妈妈和儿女对他深深的爱走了。他走的是那样的匆忙,以至于哀痛的让人无法忍受。

　　父亲一生顶天立地,无论什么困难都动摇不了他坚强的意志,从他的身上,我们真切感受到他对死亡的超凡境界和笑对疾病的顽强精神。

　　高山低首,江河呜咽,我们痛失了一位好父亲,终身关心和爱护我们的好爸爸。亲爱的爸爸,我们将一生以你为榜样。

　　安息吧,爸爸,我们永远怀念你。

# 我送母亲上大学

前些年,我一直劝说母亲去上晋江市老年大学,用以消磨一下休闲时光。经我多次鼓励,母亲才勉强同意由我帮她电话报了名。记得开学那天回来后,母亲兴奋地告诉我,她报了两个班:扇子舞蹈班和保健班。

我特地帮她买了本子和笔,让她上课时做笔记用,还送给她一个小通讯录,告诉她:"这个是用来记录你们班同学电话的。你一定会认识许多新朋友的。"妈妈笑了:"应该用不着吧。""你觉得有用就带,没用就不带,喜欢就好!"终于,在饱经沧桑多年之后,母亲又开心起来。

母亲告诉我,她的同桌都七十多岁了,已上了好几年的老年大学:"我们班的那些学长,工作退休后,上了大学,一个个看起来更年轻了!"我说:"您也很年轻啊!上了老年大学,会越来越年轻的。"

我仔细看了看母亲,她的头发早已花白,面容憔悴,皮肤发黄,原先那双水灵灵的大眼睛周围也布满了层层皱纹。六十二岁的老妈的确老了。多少年来,正是她默默无闻的无私奉献,才使我们兄弟姐妹都各自拥有一个温暖的家,正是她博大的胸怀和谆谆教诲,才使我们都能全身心投入到各自的工作中。如今,她上老年大学,就是想弥补她失去的快乐时光。

说起母亲的大学生活,乐趣多多。记得她第一次上课时,认认真真学了半天,回到家,我问她老师教了什么,她笑了,说是学的时候什么都知道,可一走出校门就全忘了。

每次上学，母亲都要穿戴整整齐齐、干干净净的。有一次，午饭过后，母亲就开始为上学做准备了。我说还早呢，急什么！可她就是听不到，说要遵守纪律，不能迟到，迟到了，班长是要批评人的。可当我午觉醒来后，老妈却回来了。她垂头丧气地说，兴冲冲地走到老年大学一看，一个人都没有，原来，她把时间看错了。

　　最近这几天，母亲上学时间由下午改到了上午9点，可早上7点刚过没多久，她就想着要去学校了。一问才明白，原来热心肠的她有"任务"，要为家离学校较远的同学占前面座位，"任务"还挺重的，要帮忙占五个座位。

　　真心祝愿母亲，祝愿她在老年大学里重新找到生活的乐趣，祝福母亲永远年轻，健康长寿。也祝愿天下所有的父母都能老有所乐，幸福地安度晚年！

# 老妈上大学

前些日子,妈妈上了老年大学。

说起老年人上大学,有些人曾冷嘲热讽:"六七十岁了,上哪门子大学,学了又有何用?"面对世俗的偏见,母亲能冲出家庭,走向社会,这无疑需一定的勇气。

那天,报名回来后,她兴奋地告诉我,她报了两个班:扇子舞蹈班和保健班。报名时,工作人员问她的名字,她很仔细地回答:"我叫蔡琴。""和台湾歌星蔡琴同名同姓?""我身份证多加了一个'秀'字,叫'蔡秀琴',不过,老家的人都叫我蔡琴。"那人笑起来:"很好听的名字!"周围的老年朋友们也都哈哈笑了。当然,老妈也笑了。

我特地帮她买了本子和笔,让她上课时做笔记用,还送给她一个小通讯录,告诉她:"这个是用来记录你们班同学电话的。你一定会认识许多新朋友的。"妈妈笑了:"应该用不着吧。""你觉得有用就带,没用就不带,喜欢就好!"终于,在爸爸去世多年之后,妈妈又开心起来。

开学第一天,晋江市政府、老龄办还联合组织了盛大的踩街游行活动。回来后,老妈告诉我:"电视台现场拍摄了。晚上看看晋江新闻会不会播?"

当晚,电视果然有老妈踩街的镜头。指着镜头里的她,老妈开心地笑了,我也笑了。

这时,还在上幼儿园的儿子,妈妈的宝贝孙子正在一旁看漫画书。我说:"宝贝,你瞧,奶奶也上学了,奶奶是个大学生啦!"宝贝调皮地说:"我也老了才上大学！"妈妈笑着："傻孩子,你要趁年轻上大学,不要像我,到老了才圆大学梦。"

老妈告诉我,她的同桌都七十多岁了,已上了好几年的老年大学了："我们班的那些学长,工作退休后,上了大学,一个个看起来更年轻了！"我说："您也很年轻啊！上了老年大学,会越来越年轻的。"

我仔细看了看老妈,她的头发早已花白,面容憔悴,皮肤发黄,原先那双水灵灵的大眼睛周围也布满了层层皱纹。六十二岁的老妈的确老了。多少年来,正是她默默无闻的无私奉献,才使我们兄弟姐妹都各自拥有一个温暖的家,正是她博大的胸怀和谆谆教诲,才使我们都能全身心投入到各自的工作中。如今,她上大学,就是想弥补她失去的快乐。

说起老妈的大学生活,乐趣多多。记得她第一次上课时,认认真真学了半天,回到家,我问她老师教了什么,她笑了,说是学的时候什么都知道,可一走出校门就全忘了,赶忙问同学。同学说,这还不简单?老师教的只有两句："咪——妈——""妈——咪——"逗得一家老小都笑弯了腰。

每次上学,老妈都要穿戴整整齐齐、干干净净的。有一次,午饭过后,老妈就开始为上学做准备了。我说还早呢,急什么！可她就是不听,说要遵守纪律,不能迟到,迟到了,班长是要批评人的。可当我午觉醒来后,老妈却回来了。她垂头丧气地说,兴冲冲地走到老年大学一看,一个人都没有,原来,她把时间看错了。

最近这几天,老妈上学时间由下午改到了上午9点,可早上7点刚过,她就想着要去学校了。一问才明白,原来热心肠的她有"任务",要为家离校远的同学占座位,"任务"还挺重的,要占五个座位。

真心祝愿老妈,祝愿她在老年大学里重新找到生活的新目标,祝福老妈永远年轻,永远健康。也祝愿天下所有的父母都能老有所乐,幸福地安度晚年！

# 母爱也似山

古语常言道：父爱似山，母爱似水。2019新年伊始，我家喜获千金，因此我改变了一些看法。不仅父爱像座山，母爱也是座山。天下父母都是儿女们无私的靠山，因为人世间亲情永无限，大爱也无界！

话说我家千金，来的虽然讨喜，家人上下皆满堂欢喜，不过来的确实也是太晚了些。想起去年怀孕初期，我与吾妻纠结很久，要或者是不要，最后决定顶住高龄压力生下她，因为母亲为人和善，虔诚信佛，说的是既然有了，就是孩儿与我家有缘。怀孕期间，吾妻胃口大开，活动利索，仍然坚持自己开车载我上下班与接送孩子上学。好多人皆说会是好兆头：一来觉得孕期反应与头胎不太一样，可能就会生不同；二来心里想的是，高龄产妇也非想象中的可怕。

临近产期，吾妻本来坚持顺产，可是宝宝有些许绕颈，多少有点风险，最后经医生综合评估，决定择期剖腹产。产前一天，私下问了我家大宝，说的是希望是个妹妹。农历年期一周，我家二宝顺利诞生。全家人欢欣雀跃，我妹妹更是喜出望外，因为家族内外男丁兴旺，独缺千金。正如周边亲友所言：这闺女降临我家，幸运之至，真的是刚刚好，好多个哥哥疼惜她。一家人重新开始变得忙碌，走进二胎新时代。年过古稀的母亲念念在兹：千金难买，姑祖难遇。因为我家大姑过年已经九十七岁，侨居印尼，一生捐资助学建亭，造福乡里，远近闻名，乃是家族的五好姑姑。俺丈母娘也是早早从山东赶来，就为了我家这千金。每天一大早，就起来帮忙家务，一刻也不想歇息。

人生如戏,回首来时路,对我而言:真可谓二十年河东,二十年河西。回望1998年本人所遭遇的那场横祸,那风华正茂的年纪,准备大显身手的时刻,却遭到命运的无情轰击。在这种突如其来的人生意外面前,有人选择自暴自弃,有人选择逆境自强,但如同美国著名牧师诺曼·文森·皮尔(Norman Vincent Peale)所言:"改变你的想法,便会改变你的人生。"(Change your thoughts and you change your world.)我选择逆境自强,并由此收获爱情,开展新生。人生可不可能否极泰来,有时就在一念之间。

吾妻颜岩不仅是我这一生最大的贵人,在我最困难的时候选择了我,扶持了我,帮助我重获新生,还是我心目中最伟大的母亲,因为她不仅帮我尽心尽力养育了个优秀的儿子,还顶住高龄产妇的巨大压力,为我带来了千金。同样感激的还有我的母亲与丈母娘,她们无私无欲地帮助我,无怨无悔地宽容我;无时无刻地关心我,无始无终地爱护我,让我如天下所有幸福家庭一样。

普天之下,大爱无疆。母爱也似山,因为恩重如山。感恩的心,永远不要变,因为懂得感恩的人,往往福报多!

借此机会,也祝福众亲友们新春大吉,幸福久久!

己亥年正月初九晋江

情真意切

# 我们不一样

## ——不一样的人生，同样的精彩

2012 年春节真的过得很不一样，因为我参加了一场期盼已久的养正中学初中同学会，见到了久违的郑安宜老师、张德伦老师、俞华雄老师、陈梅花老师和许多同学们。这次聚会，班长从筹备组织开始就一直盛情邀请我参加，说我是以前班里名列前茅的几位同学之一，一定要来参加。本来我也是不大敢去，总觉得自己目前不够优秀，表现没有学生时代精彩，不过后来我还是决定要参加，因为二十余年了才迎来这次的相聚，机会实在太难得。不过依我看，同学会见了面就是先不要比官阶大小，贫富与贵贱，要不分你我，一律平等相待，互相分享与鼓励，才能保持住同学友谊那份纯真，才会有生命力。

很多认识我的人都欣赏我的人生态度：一帆风顺的人生不常有，人生起起落落很正常，保持良好的心态很重要。就像聚会那天张德伦老师所说：态度决定人生。积极的态度才会造就成功的人生，自暴自弃只能挫败自己的人生，敢于面对、迎接挑战、努力拼搏才会有成功的时候。坚持同样也很重要，只要是对的事情，只有坚持做，即使是小事情，认真做好了，你就是行业专家和佼佼者。我总觉得我能坚持到今天，与养正中学老师们当初的谆谆教诲以及自己的人生观有很大关系，在人生的战场里，唯有先战胜自己，你才可以战胜别人。

回想我的前半段人生，我真的是尝尽人间疾苦，付出了常人无法忍受的艰辛努力，才有今日之小小天地。我虽然没当大官，没赚大钱，但是心里很知足，很有成就感；总感觉自己能挺过人生的艰难与困苦，真的很不容易。因为我自强、自立，所以我自豪。我一直对生活充满信心，我目前业绩在电力系统也是名列前茅，力争第一，即使重新出发后，也永不止步，一直在努力，永远争做第一。我这几十年人生中有三个想不到：一是想不到我命运如此曲折，我竟然能战胜命运，成为命运的主宰者；二是想不到在我最低谷的时候会有人会愿意嫁给我，还有那么多好心人与贵人出手帮助我、扶持我，让我重新走向生活；三是想不到我在击败命运的挑战重新出发后，还能在工作中干得这么有活力，并能有所建树。

经历一场命运的浩劫，我的人生体会是：唯有坚持与努力才会成功，不经历风雨怎么见彩虹。我感觉我的人生与别的同学虽然大不相同，但是一样的精彩。很多人欣赏我的拼搏精神，包括我的一些周边同事。敢与命运抗争的人加永不止步的人生，那就是我。人生不可能没有困难，但绝对不能没有一股精气神，才会不枉此生。只要坚持自己的信念，努力拼搏，成功一定是你的。人生道路本来就不平坦，要学会自己走路，包括顺境与逆境各种完全不同的路，唯有自己去摸索，才会成功到达彼岸。

说了这么多，与养正中学初七十二组二班同学们分享与共勉，期待下一次再相聚，祝愿养正中学初七十二组二班同学会常青！

2012 年 1 月 28 日（正月初六）凌晨于家中

# 璀璨的星空——有你也有我

星星是孩子的天空，

有了它，孩子们就有明天的梦想；

云是爱情的天空，

有了它，情侣们才会有爱的甜蜜；

彩虹是婚姻的天空，

有了它，恩爱的人们将永远沐浴在温馨的海洋；

太阳是关怀的天空，

有了它，困难的人们随时都会感受到人间的温暖；

月亮是寂寞的天空，

有了它，孤单的人们将尽早远离寂寞的煎熬；

雨是感动的天空，

有了它，万物也会体验到大自然的真诚；

晋江电力——未来的蓝图已绘就，

璀璨的星空——

有你也有我。

# 大姑的"五好"人生

　　我的大姑今年九十五岁高龄,如今依然生活在异国他乡印尼的泗水。大姑全名陈淑华,与台湾著名歌手陈淑桦近名,原名叫陈红桔。大姑个子虽不高但精神矍铄、慈眉善目,说话轻声细语,为人极其和善。我大姑的人生故事颇为传奇,有兴趣者且听我慢慢道来。

　　大姑系家中长女,少年时就做客(嫁人)安海灵水前乡人,嫁的是我姑爷爷姑奶奶家的二儿子算起来是她的二表哥,当年封建社会时代,还多可见结的姑表姻亲。民国年间,姑父家因生活穷困跟随同乡远渡南洋,前往印尼外出讨生活谋生。中华人民共和国成立前印尼突现一波反华浪潮,大姑与长子即我的大表哥侨批一时冻结,无法随迁。大姑领着我大表哥在娘家待了几年,度过了一段困苦艰难的岁月。当年身材瘦小的她经常领着弟妹前往南安趴顶拣草,她大弟、二妹从小就长得块头大,常常一路替她鼎力挑担,这点姐弟情怀在她日后去南洋多年后,依然历历在目,谨记在心。

　　中华人民共和国成立后,大姑一家终于在南洋团聚,孩子也接踵而至,共生了五女二男,人丁兴旺。大姑父兢兢业业拼搏做了点小生意,辛苦持家。大表哥也渐渐长大成人,耳濡目染间继承了大姑父的事业,由于秉持"诚信经营,薄利多销"的经营理念,生意越做越大,20世纪80年代初已经成为印尼晋江籍侨界最年轻有为的企业家之一。大姑与她名字一样永记自己是中国华人,富裕不忘唐山人,1980年起陆续领着一家儿女返乡省亲,不忘接济家中年迈的父母与弟妹,慈善乡里,造福乡民。几十年间,大姑一家先后捐资修缮安海的六角亭以纪念安海人永久的记忆;为了上山乡民方便歇息,沿着灵源山上山路捐建了四座途歇亭;安海龙山寺观音殿、灵源寺、灵水祠堂;安海庄头村陈氏祠堂、庄头天后宫妈祖庙到处可见她老人家捐资芳名录;为了孩子们的未来捐资助学,安海灵水中学专门设立有以她公公(即我的姑丈公)命名的教育基金,成了远近闻名的慈善名人与印尼晋江籍侨界的骄傲。时至今日,大姑仍念念不忘家乡亲人,每年让我大表哥亲自代她返乡扫墓祭祖,过年过节给家族同辈老人发放红包,一个也不能少。

　　大姑的近百人生,经历了旧社会清朝末、民国初、新时代中国等多个不同年代,算是跨世纪的耄耋长者。大姑一生慈悲为怀,每每返乡期间,总不忘谆谆教诲族人晚辈做人要"发好愿、存好心、念好书、讲好话,做好事",才能"做好梦,得好报,有好工,交好友,结好果"。这也是大姑近百岁的人生,经历无数酸甜苦辣咸总结出来传家之宝——"五好"人生,大姑毫无保留地交给我们家族亲人,希望也能传递给有所领悟的亲朋好友。

　　衷心祝愿印尼的大姑健康长寿,福如东海!

# 多一分坚持，多一份热爱

    初夏的周末，艳阳高照。笔者应晋江市青年文学协会之邀，在晋江之巅紫帽山下参加了晋江市新一届青年文学协会换届选举与一年一度笔会联谊活动。会上，泉州作家协会副主席蔡芳本先生一席话，令我们在场人员极为震撼。他这样说：在文学的道路上，唯有不断坚持才会有收获，你坚持久了才可能有机会收获丰收；永远不要害怕失败，失败乃成功之父，唯有不断从失败中吸取经验教训，你才会有机会斩获成功。

    与会的晋江文学青年多为"80后"生力军，思维也都特活跃。蔡芳本先生还特别提及现场一位与会的文学小青年洪少霖，南安籍职业作家。"80后"的他当过兵，干过保安，开过摩的，凭着对文学的痴迷不悔，短短十几年时间就从一名默默无闻的小青年成长为2011年度泉州市文学奖获得者以及2014年度南安市最具影响力党员微故事人物、2014年"庄逢时杯"海内外微散文大奖赛泉州地区少有的获得者之一。2011年，他还当选为南安市作家协会第三届理事会常务理事、南安市青年文学协会第五届理事会副秘书长，2011年加入福建省作家协会。年纪轻轻的他从初出茅庐的小子到潜心文学创作，坚持不间断地四处投稿。目前，他基本以创作稿费为生，在杂志社兼职做编辑。洪少霖先生个人目前已完成三千余篇散文、随笔、小说、诗歌等，约两百万字；2001年，开始在海内外正规纸质报刊积极投稿。如今的他依旧以创作为乐，有了这一份执着与坚持，成功对他来说应该指日可待。听完蔡先生热情洋溢的讲话，在场青年掌声雷动，也算是为我们晋江这些业余的文学爱好者加油鼓劲。奔跑吧，新一代晋江文青们！

　　回头想想自己这些年走过的路，人生之路崎岖不平，文学之路甘苦又甜。笔者 1995 年福州大学毕业以来，陆续在《电世界》《农村电气化》《农电管理》《电气世界》等专业杂志发表专业论文二十余篇，在《晋江经济报》与且听风吟文学网站刊登文章《老妈上大学》《怀念父亲》《我送母亲上大学》《电虽无情人有情》《发掘你的正能量》等数十篇，单位发表通讯与文学稿件超百篇，个人原创文学作品累计将近十万字。其中《论电力企业如何在质量管理中求生存、求发展》一文荣获 2006 年度泉州地区电力行业质量管理优秀论文奖；2009 年 8 月个人参赛微博荣获泉州市第一届《温陵亲子博客大赛》二等奖；散文作品《我送母亲上大学》一文荣获 2011 年晋江经济报"我与晋江老年大学"主题征文比赛二等奖；散文《深深的怀念》一文被入编《晋江青年文学（2009 卷）》；书评《发掘你的正能量》一文还获刊载国家电网公司亮报 2014 年 9 月 3 号版；散文《忆苦思甜，让幸福感倍增》一文刊载 2014 年 12 月 12 日福建电力报；《忆苦思甜话幸福》同时入选晋江市青年文联 2014 年《星光》年度杂志与《晋江青年文学 2011—2014 年汇编》。

　　从大学毕业被分配到单位工作时开始，我就尝试着给杂志社、报社投稿，可是发出去的稿件往往都没有回音。对此，我并不灰心，而是不断查找原因，深入分析写作要领与缺憾。经过长时间的刻苦努力，记得那是 2002 年 4 月，重新回到工作岗位的我历经几周时间写出来的本人纪实通讯稿件《电虽无情人有情》一文，发出后不到七天，就被《中国电力报》刊载，随后此文又被泉州电业局、福建省电力公司、国家电力集团公司等门户网站转载。2008 年《晋江经济报》"三八"节征文，我又积极筹稿，将我母亲上老年大学的真实经历写成人物通讯稿件《老妈上大学》，终获征文大赛二等奖，同时获《晋江经济报》编辑赏识得以刊登在 2008 年 4 月 23 日的《晋江经济报》第七版文学专刊上。父亲节前夕，我有感而发写的纪念我父亲的文章《怀念父亲》一文也得以刊登在《晋江经济报》2008 年 6 月 14 日五里桥专刊父爱专栏，一次次看到自己的文章以铅字的形式出现在报纸上，我激动和欣慰的心情无以言表。这对我这个刚入门学习新闻写作的业余写手来说真的是莫大的鼓舞。报社编辑老师对每一名通讯员的来稿都仔细阅读、耐心修改,并与通讯员及时交流心得体会、传递着高度的专业与敬业精神,鼓励着我要写出更多更好的文章。

如今的我,经常是白天工作之余不断收集写作素材,有好的素材时,晚上就挑灯夜战连续写稿到深夜。为了不断提高自己的写作水平,锻炼逻辑思维、理性分析和布局谋篇的能力,我努力尝试着写新闻通讯稿。截至目前,本人已累计在单位内外网以及地方报刊发稿数百篇,其中通讯稿件就达百余篇,连续多年荣获晋江供电公司优秀通讯员与优秀新闻作品荣誉称号。

未来的我,对自己的文学潜力还是有所期待,酷爱文学的我自感文学之路来日方长。虽然已经迈入不惑之年的我,却总还在期待自己能不断有好的文学作品来整理自己的思绪与心情,不断积累自己的原创作品,在文学道路上奋勇前行,不负此生,不负我心!

多一分坚持,多一份热爱!

# 父爱如山

——写于失去父亲多年以后的父亲节来临之际

小时候

父爱是一行短短的签名

我拿着考卷的这头

父亲签在考卷的那头

长大后

父爱像座山

我站在山脚下

父亲站在山顶上

而现在

父爱是一张冰冷的照片

我在外面看着思念着

父亲却在里面微笑着

未来

父爱会是一种力量

将鼓舞我攀向下一座高峰

安息吧,父亲

感恩您

父亲节快乐

2011.6.11 深夜有感而发

# 行走的人生亦精彩

冯骥才先生认为：人生是"赛跑"，是一场"在有限的时间内跑多少路程"的赛跑。这也是今年福建的高考作文题。

我们国人对此观点也坚信不疑，并且发挥得淋漓尽致，一句口号极有鼓动性，叫"不要输在起跑线上"。就是说人的一生都在赛跑，不仅大人跑，连孩子还未出世、还未成年，就要准备参加竞争赛跑了。"十月怀胎"的准妈妈在大肚皮上播放《贝多芬交响乐》《三字经》诵读，美其名曰：胎教；孩子刚刚三四岁，求胜心切的家长带着他们参加名目繁多的早教课程，听音乐、教数学，朗诵莎士比亚剧作等等，超前地大灌输与其年龄不同步的知识。当孩子哭着闹着，表示一百个不愿意时，许多家长就以爱的名义，采取种种高压手段。报刊经常有报道"虎妈""狼爸"这些不靠谱父母亲的不人性的做法，就备受争议。

说起来，我们孩子们真可怜，人生伊始，就要绷紧神经，投入一场要延续四五十年优胜劣汰的残酷比赛。这又是何苦呢？国外看法就不一样。

据说，有一家人移居加拿大，孩子进了当地幼儿园。老师一天发现他三岁的孩子居然知道三加四等于七，就大惊失色，立即召见家长，责问他们为什么教这样小的孩子懂得如此"高深"的数学，还要调查有没有"虐童"倾向。

孩提时代就像春天的花朵，应该无忧无虑，天真活泼，自由自在开放，是谁逼他们如此"悲催"地快速成长，"跑步"进入成熟的夏天呢？春天萌芽，夏天开花，秋天结果，人生就像二十四节气一样，一个不能落下，一个也不能因为跑步竞争，而

"穿越"。要知道如此做法与"反季节"的蔬菜、瓜果一样违反自然规律啊。几十年前科技大学的少年班沸沸扬扬，这些"神童"今安在？销声匿迹了，没有一个成为有创造性的栋梁之材。违背循序渐进的成长规律，就叫"揠苗助长"。

人生应该是旅行，不是赛跑。当然旅行中，我们有时也需要快速奔跑，比如登泰山看日出，我们也会大汗淋漓向顶峰冲刺，为的是赶在晨曦微露时刻，拥抱光明，见证辉煌。这就是我们说的"人生难得几回搏"，这时我们照样毫不迟疑地奋力拼搏，百米夺冠。但平常应该是"不管风吹浪打，胜似闲庭信步"，远离毛躁，杜绝冒进，平和、从容而淡定地前行。

我们无法选择人生旅程的起点与终点，但过程却是在我们自己脚下。在物欲横流的现实环境下，当许多人在追逐名利的道路上，拼死拼活地竞争赛跑的时候，我们应保持一种旅行的心态，用欣赏风景的心情迈开扎扎实实的每一步，以欢喜心过好每一天。将阳光或是风雨都收进背后的行囊，人生的旅程定会更加丰富而精彩，行走人生，不虚此行！

# 人生感悟：做人　做事　做官

前不久，听到一首歌中有这样几句歌词："有些人做事不做人，有些人做人不做事；有些人只想做好人，有些人只想做好事。"我感受良多。现实生活中有两种人：一种人做事时总想是否有利于自己做好人，一种人做事时只想是否能把事做好。这又不禁使我想起历来争议颇多的海瑞。海瑞是那种只想把事情做好的人，到头来便也只有落得四面树敌，清苦一生，无人送终的境地。他死后的一口薄棺还是朋友出钱买的，何其悲哉？这就不难看出，做人比做事更为重要。笔者以为，我们如果把做人的问题想清楚了，做事自然也就顺理成章。反之争逐了一生，甚至"死不瞑目"，仍只是一个败笔，因为你就有可能像海瑞那样临终也未能想通做人的含义。由此可以这样说，人生的一切成功，归根到底，都是做人的成功；人生的一切失败，归根到底，都是做人的失败。

其实，做人是一种境界，甚至是一种艺术。一种人有一种活法，正所谓"横看成岭侧成峰，远近高低各不同"。世事繁杂，进退维谷，太多的人感慨活得太累，做人难，做个正直挺拔的人更难。中国有句老话叫"做事先做人。"学会做人是成事之道，人品人格是谋事之基。"君子为政之道以修身为本。"做人是做事、做官的前提和基础。一个好人并不一定能够做好事、为好官，但不会做人，人格、人品低劣，则一定不会全心全意为人民服务，时时刻刻做好事、为好官。

江泽民同志曾多次指出："领导干部首先要堂堂正正做人。"他建议大家重读《纪念白求恩》，"学习白求恩同志毫无自私自利之心的精神，做一个高尚的人，一个纯粹的人,一个有道德的人,一个脱离低级趣味的人,一个有益于人民的人。"领导干部怎样做人,不仅事关个人修养、个人形象,更事关政治立场、政治方向和政治鉴别力,绝不是一个小问题。为好官要做好事。现在有的人为了职务升迁,绞尽脑汁,拉关系,挖窍门,不惜跑断腿,厚着脸皮送钱送物,更有甚者铤而走险,雇杀手,谋官害命。不惜一切手段,唯独将党性原则、做人道德丢在一边。有的人一当上"官",似乎功成名就,甚至鸡犬升天了。结果"官升脾气长",说话的腔调也变了,就别提什么为人民服务了。

在我看来,"当官"其实是一项苦差事,一种责任,职位越高,责任越大。因为无论你当多大的"官",都是人民的公仆、勤务员。都应该有"心在人民,无论大事小事;利归天下,何必争多得少得"的情怀。俗话说得好"政声人去后,民意在人间",我常常在想,为什么有的人当官时,门庭若市,卸任后则门可罗雀?现在想来与做人不无关系。所以说,为官者的品行、政绩如何,最终还是要让人民群众和历史去评说。

记得看过一副对联是这样写的:"得一官不荣,失一官不辱,莫谓一官无用,地方全靠一官;穿百姓之衣,吃百姓之饭,莫谓百姓可欺,自己原是百姓。"这副对联的意思是说有官就要好好做,尽心尽职为群众服务,无须把官位看得太重,但也不要无所作为,因为地方的人民群众有没有饭吃还得靠一"官"。因此,当官是暂时的,做人才是一生一世,人品人格比"官位"更重要。孙中山先生曾经说过:"要立志做大事,不要立志做大官。"知足才能长乐,知耻才能不耻,不要给自己出难题、添烦恼,更不要像《红楼梦》的"好了歌"里说的那样"因嫌纱帽小,致使锁枷杠",到头来于事业于家庭于自己都不利。

人生在世,事业为重。如何做事?我的体会有四点:第一,把职业当成事业做。任何一个岗位、任何一项"任务"都可以点石成金。要有做出令人叹服成就的大气与执着,要有做成"偶像"的自我追求。如果做了多年仍然没有燃起这种炽热的情感,是很难有大的作为的。第二,要用心做事。世上无难事,只怕有心人。一心一意,万事可为;三心二意,浮在面上,溜达在圈外,连一件极小的事也做不好。第三,要善于与人共事。一个人浑身是铁,能打成的钉子也是有数的;一个人的身边有一个团队,他的能量你怎么估计也不过分。第四,科学办事。一切从实际出发,按事情自身的客观规律办事。既不冲动妄想蛮干,也不保守消极丧失机遇。行所当行,止所当止,顺势而为,勇于接受既成事实。

　　总之,凡是立志为人民做好事、办大事的人,即使当不了大官,也会名垂青史;而凡是想做大官,不求做大事的人,即使是当了大官,也会因为其品行与党和人民的利益相左,最终落个身败名裂的下场。因此,做事,要实事求是,精益求精;做官,要清正廉洁,造福于民;而只有踏踏实实、自尊自爱地做人,做一个有道德的人,一个高尚的人,一个纯粹的人,一个脱离了低级趣味的人,一个有益于人民的人,才有可能真正达到"做人、做事得赞、为官可敬"的境界。

# 人生如棋，落子无悔

　　人生如棋，落子无悔，一招不慎，满盘皆输。相信每一个下棋的人都曾有过这种痛彻深悟的体验：在局势一片大好的情况下，只因一招不慎，错落一子，局势变急转直下，从此处处被动、处处防御。

　　人生亦是如此，关键时刻如果一步走错，从此步步走错，想回头都不可能。"一失足成千古恨，再回头已是百年身"这样的例子不胜枚举。要想赢得人生棋局，只有脚踏实地走好每一步，步步为营、稳扎稳打，方能走出无悔的人生之路。

　　小小棋盘之间，风云变幻。我们既要总揽全局寸土必争，关键时刻又需有壮士断腕、舍城弃地的勇气和魄力；既要随机应变，来应付不断变化的局势，又需要保持固有的原则和立场，不迷失前进的方向；既要随缘而进，建功立业，又需顺势而退，明哲保身。

　　人生如棋，对手就是我们所处的环境，有的人能预见十几步，乃至几十步，未雨绸缪、先发制人。有的人仅能看到几步之遥，甚至走一步算一步。在与高手对招时，常一步失算，满盘皆输；但是高手下棋，面对残局，却可能峰回路转、柳暗花明。有的人下棋，落子如飞，但是忙中出错；有的人又因开始顾虑重重，导致捉襟见肘、左右逢源，有的人下棋，不到最后关头，决不认输；有的人下棋，稍见情势不妙，就弃子投降。我们要端正态度，勇于直面，努力超越，应该成为真正追求的人生棋局。棋子越下越少，人生越来越短。但是，不合时宜的落了棋子，后来就需要加倍苦恼地应付里应外合的局势。但棋子一个个地离局而去，愈是剩的少，便愈得小心翼翼地下。赢,固然漂亮圆满;输,也要落子无悔。人生如棋局,摆得正位置,则成功;反之,则失败。

人生如棋,棋子犹如角色转换的定位,每一枚棋子都有属于自己的位置。平时,我们总是偏爱车、马、炮等杀伤力强的"强盗",但是我们又轻视兵卒之类的弱子。其实,最终直捣黄龙、克敌制胜的,往往可能是一个毫不起眼的小卒。同样,人们在社会生活中扮演着不同的角色,每个人的角色只有分工不同,而无轻重贵贱之分。因此,千万不要抱怨命运的安排,更不能向命运屈服,只要抱定坚定的信念,在平凡的工作岗位上,同样可以成就一番事业。平凡中一样可以孕育伟大,平凡中一样可以铸就辉煌。

人生如棋,但并非像一局棋那么简单。人生没有天生的赢家,我们既要在失败中及时调整自己,又要在遭遇挫折时奋发有为、卧薪尝胆、不懈追求。有一首歌曲唱得好:"不经历风雨,怎么见彩虹。没有人能随随便便成功。"困难和挫折是每个人一生中不可避免的因素,所谓强者就是那些把失败和挫折能转换为前进的动力,然后在奋斗的过程中展现出惊人的毅力和坚韧不拔的意志,最后取得成功的人。在人生中,只要你有积极的心态和坚强的意志,不断地学习和创造有利的环境,那么厮杀战场的舞台也会变成为你展示自我的平台。

所以,人生如棋,落子不悔!

# 听闽南歌会　品音乐人生

　　2012年世纪闽南歌大型演唱会于品牌之都晋江盛情开唱。由于演出前一晚偶然进场发现叶启田、黄乙玲两位资深歌王歌后在用心地排练,勾起我儿时的美好回忆,对这场世纪闽南歌会更是充满一些期待。于是,我破费带上儿子去一起去分享一下这场闽南语音乐史上的世纪盛宴。

　　叶启田、黄乙玲、袁小迪、龙千玉、蔡小虎、张秀卿、阿吉仔、谢金燕、向惠玲、罗时丰,十位来自宝岛台湾的歌王歌后倾情献唱,为家乡晋江打造了泉州史上最强闽南语明星阵容。8月18日晚上8点,晋江体育场,欢声雷动。《爱甲超过》《命运的吉他》《爱你无条件》《男人情女人心》《一生只有你》《车站》《练舞功》《爱到才知痛》《讲什么山盟海誓》《爱拼才会赢》《野鸟》《浪子的心情》等一首首与会歌手的经典成名歌曲响彻晋江体育场。听着金牌主持人许效舜和张无砚幽默逗趣的介绍与采访,对十位歌手的音乐与人生有了更进一步了解:

　　**叶启田**:在本次来晋江的歌星中,叶启田在流行歌坛中歌龄最长,也是最闪亮的巨星。他二十一岁获选为"宝岛歌王",从此奠定个人在歌坛的地位,一生唱红歌曲无数,并以一首《爱拼才会赢》成为龙头巨星,出过五十张以上的专辑,歌曲达一千首以上。近年来,由于从政的缘故他淡出歌坛,如今不甘寂寞的他"重出江湖",掀起"老将出马、一个顶俩"的新浪潮。

　　**袁小迪**:从1975年6月第一张专辑《你是无情的人》到现在,袁小迪还真的是属于发片量极少的艺人,但也唱出了多首脍炙人口的好歌。他的代表作有《男人情女人心》《兄妹》《纸云烟》《重出江湖》等。而在闽南地区,他被大家所熟知的有《再见阿郎》的主题曲《阿郎》,这首由袁小迪和龙千玉深情对唱的歌曲,在闽南地区传唱率非常高。

**阿吉仔**:以"命运的吉他"一曲走红的阿吉仔,是位患有小儿麻痹的重残歌手。或许是因为自身坎坷的际遇,凡经过他口中诠释的歌曲,格外能打动人心引起共鸣。他曾是演艺圈最热门的模仿对象,他那充满感情凄凉的歌声令人印象深刻。

**黄乙玲**:《人生的歌》《爱到才知痛》……她的歌曲首首触动人心,风格委婉动人,独特的嗓音牵动着每位歌迷的灵魂,网上的歌迷将其封为闽南语界的邓丽君。她,就是闽南语苦情歌后黄乙玲。黄乙玲曾经九次入围金曲奖,共得到三座金曲奖奖杯,出道近三十年,共发行了三十张个人专辑,在现今的闽南语乐坛堪称"天后大姐"级人物。

**龙千玉**:龙千玉本名江玉琴,从1987年开始以"龙千玉"的身份转战闽南语歌坛,唱出了多首脍炙人口的好歌。她的代表作有早期的《不如甭熟识》《输人不输阵》,近期的《问花》《真心只爱你》《阿郎》《错爱》《只爱你一个》等,其中被传唱最多的莫过于与袁小迪合唱的《男人情女人心》《阿郎》两首对唱情歌——两首众多闽南人KTV必点的情歌。

**蔡小虎**:蔡小虎原本只是一个在市场卖猪肉爱唱歌的年轻人,1991年5月,因朋友推荐在卡拉OK录DEMO(样本唱片)寄给制作单位参加"五灯奖"歌唱比赛脱颖而出,与峰林唱片公司签约,从此踏上闽南语歌坛。借用周星驰《国产凌凌漆》的台词,他在歌迷眼中就是"一个风度翩翩的猪肉王子",一个对歌唱无师自通的歌王级"猪肉王子"。

**谢金燕**:2012年6月23日,谢金燕以慢歌《月弯弯》夺下第二十三届金曲奖最佳闽南语女歌手,二度封后,却因上台致辞没有"指名道姓"感谢爸爸猪哥亮,被媒体狂批不孝,严重影响获奖的心情。出道二十二年的她,5月12日刚刚在台北小巨蛋举行2012一级棒世界巡回演唱会,成为继江蕙之后第二位在台北小巨蛋举办个唱的闽南语歌手。那次演唱会也是谢金燕与猪哥亮父女最近的一次"近距离"同场,但父女台上台下相隔三十米仍无互动。以一曲《练舞功》风靡闽南歌坛的谢金燕被尊称为"闽南语界电音女神"。她的歌曲中那种迥异于传统闽南歌凄美、苦情的情感诉求,再加上电子音乐的强势介入,给歌迷带来享受的同时,也为闽南语的创作提供一个新的思路。而此次以慢歌时隔五年二度封后,谢金燕从"电音女王"到抒情歌都受到肯定,充分展现了歌后的超强唱功和人气。

张秀卿:以一曲《车站》走红,曾经获得"台湾金曲奖最佳方言演唱奖"的张秀卿,2011年12月30日与蔡秋凤同时出新专辑。在新专辑《爱人仔恰恰》中,张秀卿一改之前苦情女子的形象,挑战摇滚、性感的曲风,暗示自己是个"等爱的女人",期待下一段恋情到来。此次的演唱会,她不仅带我们重温了经典,还让我们见识了她的性感魅力和模仿的功力。

罗时丰:1986年发行的首张专辑"善变的脸"销售成绩极佳,奠定了罗时丰往后在歌坛发展的基础。他曾获得2001年第十二届金曲奖最佳方言男演唱人奖,并入围2006年第十七届金曲奖最佳台语男演唱人奖与2004年第十五届金曲奖最佳台语男演唱人奖。此次再度光临泉州,他带来了2011年11月26日刚出的专辑《再爱一次》。这一次,他还特地带来一段精彩的模仿秀,将新生代歌手萧煌奇的歌诠释得近乎完美,给现场观众朋友带来不小的惊喜。

向蕙玲:2003年初试啼声的向蕙玲发行首张专辑《爱你的记号》,以一首《爱甲超过》一鸣惊人。十九岁的向蕙玲清新的大学生气质,高亢清亮的嗓音一开口就震撼不少歌迷耳朵(甚至是业界大哥大姊),更像一阵龙卷风席卷整个闽南语歌坛,叫好又叫座,接下来的《我爱的人不是爱我的人》《纯情红玫瑰》《不免你抱歉》《风尘花》更为向蕙玲奠定"闽南语小天后","实力接班人","畅销闽南语女歌手",向蕙玲一直在进步,我们听得到、也看得到。

除了演唱嘉宾阵容强大之外,本次演唱会由大家十分熟悉的《唱歌拼输赢》主持人张无砚和台湾知名娱乐主持人许效舜联袂主持,他们诙谐幽默的主持风格让演唱会现场高潮迭起、欢声不断。

演唱会结束,我特地问了一下同行的儿子,听得懂吗?整场演唱会印象最深的是什么?答曰:阿吉仔和爱拼才会赢。看来他也不虚此行!

# 心态决定命运

一位哲人说:"你的心态就是你真正的主人。"一位伟人说:"要么你去驾驭生命,要么是生命驾驭你。你的心态决定谁是坐骑,谁是骑师。"一位艺术家说:"你不能延长生命的长度,但你可以扩展它的宽度;你不能改变天气,但你可以左右自己的心情;你不可以控制环境,但你可以调整自己的心态。"狄更斯说:"一个健全的心态比一百种智慧更有力量。"爱默生说:"一个朝着自己目标永远前进的人,整个世界都给他让路。"……这些话虽然简单便却经典、精辟,一个人有什么样的精神状态就会产生什么样的生活现实,这是毋庸置疑的。就像做生意,你投入的本钱越大,将来获得的利润也就越多。

生活中,一个好的心态,可以使你乐观豁达;一个好的心态,可以使你战胜面临的苦难;一个好的心态,可以使你淡泊名利,过上真正快乐的生活。人类几千年的文明史告诉我们,积极的心态能帮助我们获取健康、幸福和财富。

## 一、心态决定人生

一位哲人说过:"你的心态就是你真正的主人。"在现实生活中,我们不能控制自己的遭遇,却可以控制自己的心态;我们不能改变别人,却可以改变自己。其实,人与人之间并无太大的区别,真正的区别在于心态。所以,一个人成功与否,主要取决于他的心态。

## 二、生气不如争气

人生有顺境也有逆境,不可能处处是逆境;人生有巅峰也有谷底,不可能处处是谷底。因为顺境或巅峰而趾高气扬,因为逆境或低谷而垂头丧气,都是浅薄的人生。面对挫折,如果只是一味地抱怨、生气,那么你注定永远是个弱者。

### 三、有自信才能赢

古往今来,许多人之所以失败,究其原因,不是因为无能,而是因为不自信。自信是一种力量,更是一种动力。当你不自信的时候,你难于做好事情;当你什么也不做不好时,你就更加不自信。

这是一种恶性循环。若想从这种恶性循环中解脱出来,就得与失败做斗争,就得树立牢固的自信心。

### 四、心动更要行动

心动不如行动,虽然行动不一定会成功,但不行动则一定不会成功。生活不会因为你想做什么而给你报酬,也不会因为你知道什么而给你报酬,而是因为你做了些什么才给你报酬。一个人的目标是从梦想开始的,一个人的幸福是从心态上把握的,而一个人的成功则是在行动中实现的。因为只有行动,才是否滋润你成功的食物和泉水。

### 五、平常心不可少

人生不可能一帆风顺,有成功,也有失败;有开心,也有失落。如果我们把生活中的这些起起落落看得太重,那么生活对于我们来说永远都不会坦然,永远都没有欢笑。人生应该有所追求,但暂时得不到并不会阻碍日常生活的幸福,因此,拥有一颗平常心,是人生必不可少的润滑液剂。

### 六、适时放弃才会有收获

命里有时终须有,命里无时莫强求。不要去强求那些不属于自己的东西,要学会适时的放弃。也许在你殚精竭虑时,你会得到曾经想要得到而又没得到的东西,会在此时有意外的收获。适时放弃是一种智慧。它会让你更加清醒地审视自身内在的潜力和外界的因素,会让你疲惫的身心得到调整,成为一个快乐明智的人。

盲目的坚持不如理智的放弃。苦苦地挽留夕阳的人是傻人,久久地感伤春光的人是蠢人。什么也舍不得放弃的人,往往会失去更加珍贵的东西。适当的时候,给自己一个机会,学会放弃,才有可能获得。

### 七、宽容是一种美德

俗话说得好:"退一步海阔天空,让几分心平气和。"这就是说人与人之间需要宽容。宽容是一种美德,它能使一个人得到尊重。宽容是一种良药,它能挽救一个人的灵魂。宽容就像一盏明灯,能在黑暗中放射着万丈光芒,照亮每一个心灵。

### 八、学会给心灵松绑

人的心灵是脆弱的,需要经常地激励与抚慰。常常自我激励,自我表扬,会使心灵快乐无比。

学会给心灵松绑,就是要给自己营造一个温馨的港湾,常常走进去为自己忙碌疲惫的心灵做做按摩,使心灵的各个零件经常得到维护和保养。

### 九、别把挫折当失败

每个人的一生,难免都会遭受挫折和失败。所不同的是失败者总是把挫折当失败,从而使每次失败都能够深深打击他取胜的勇气。成功者则是从不言败,在一次又一次的挫折面前,总是对自己说:"我不是失败了,而是还没有成功。"一个暂时失利的人,如果继续努力,打算赢回来,那么他今天的失利,就不是真正的失败。相反的,如果他失去了再战斗的勇气,那就是真输了。

### 十、避免烦恼成心病

在现实生活中,终日烦恼的人,实际上并不是遭遇了太多的不幸,而是根源于烦恼者的内心世界。因此,当烦恼降临的时候,我们既不要怨天尤人,也不要自暴自弃,要学会给心灵松绑,从心理上调适自己,避免烦恼变成心病。

### 十一、快乐其实很简单

有人说,快乐是春天的鲜花,夏天的绿荫,秋天的野果,冬天的漫天飞雪。其实,快乐就在我们身边。一个会心的微笑,一次真诚的握手,一次倾心的交谈,就是一种快乐无比的事情。

# 一方净土,养育一方老人

偶然机会,跟随朋友前往家乡晋江安海镇,在赤店苏厝村我发现了一方净土:这里的老人们都安详幸福;这里的年轻人也爱心友善,这里的领路人思云师傅更是慈悲为怀。只要人人都献出一点爱,世界就会变成美好的人间。

百善孝为先,孝敬长辈、关爱老人是中华民族的传统美德。闽南孝亲安养院坐落于美丽的晋江市安海镇赤店村苏厝,是由一位姓曾的居士牵头,通过社会爱心人士的捐赠,逐步建立起来的。

在晋江市安海镇苏厝村,一幢五层高的白色楼房格外引人注目,这就是全部由善心人士捐资建成的闽南孝亲安养院。"老人可以免费入住安养院,而且我们还组建了一支义工队,负责照顾老人的日常起居",安养院创建人曾先生介绍道,他就是安海镇苏厝村人,建一座敬老院是自己一直以来的心愿。

在安养院,大伙都亲切地称呼曾先生为思云师傅,他对于安养院的一砖一瓦都特别有感情,"安养院前后共筹划了七年多,2010年开始动工建设,现在还在完善中"。他告诉记者,安养院的建设资金都是由好心人捐赠的,"等敬老院正式运营后,我们面向的不会仅局限于晋江市,只要是有需求的老人,我们都会接收"。

笔者看到,安养院内设施非常完善,不仅楼梯安装了双扶手,楼内还有电梯,方便老人出入,而且每间宿舍的房内和卫生间内都安装了医院才有的看护系统。"老人遇到麻烦,只要一按按钮,就能反馈到该层义工休息室的接收器,义工可以第一时间到场。"思云师傅如是说。

安养院的义工队伍让思云师傅特别自豪。他说,这支队伍基本是本地人,目前已经约有五十人,大伙都是义务来帮忙的。思云师傅还说:"前几天有个女义工告诉我,因为在安养院帮忙,她对婆婆也理解了很多,家庭变得更和睦,这也是我们建立这个安养院最重要的目的,帮助每个人实现孝道。"

据悉,闽南孝亲安养院,占地十多亩,建筑面积四千多平方米,目前安养院有一百四十多个床位,不分地域、无论孤寡,入驻者一律免费,不但本地无依靠的老人可申请进院,甚至连中国港、澳、台各地的退休老者也可争取到此养老。

闽南孝亲安养院,主体大楼从 2007 年 10 月 02 日开始兴建,2011 年 11 月 27 日完成基本框架,大楼还在逐步完善中。安养院坐东北向西南,周围是一片片广阔的田地,天蓝草绿,堪比世外桃源。随着安养院建设的逐步完成,这里还要建综合楼、图书馆等配套设施,力争早日把晋江闽南孝亲安养院建成一个中华传统教育的基地和未来中国养老院示范基地。目前,一些社会爱心人士正积极帮忙筹划办理一些正规养老必要的手续,期间虽然也遇到了一些困难,但是有关部门也都主动积极在帮忙协调,出谋划策。为了让这方净土能永续传承下去,也为了传递"敬老孝亲"这份中华民族的传统美德,也为了圆思云师傅"敬老孝亲,服务众生"的美好心愿。

安养院的所有工作均由义工担任,目前已建立一支规模达到数百人的义工队,每天都有义工来安养院为老人服务。每逢传统节日,如春节中秋节重阳节,安养院都会组织文艺会演活动,丰富老人的晚年生活。

我们相信,只要人人都献出一点爱,世间将变得更美好;我们希望,通过我们的努力,可以使正能量在我们身边传播;我们期待,您也能和我们一起,弘扬孝道,一起来关爱老人,为自己的子孙后代树立榜样。

中华民族腾飞见证者,有你也有我! 晋江的这一方净土,也正期待社会各界爱心志愿者,你们的热情参与。

# 一日禅,益一生

　　人要学会用一颗平常心去生活。不论是富裕还是贫穷,不论是身处顺境还是身处逆境,都能做到不怨天尤人,不悲观失望,不自暴自弃。这就是生活,这就是生活给予我们的一切。这不仅是一种境界,更是一种智慧。

　　当我们抱定一颗平常心,当我们面对眼前的名利能做到不分别,不执取,不计较,顺其自然,我们就不会因为在竞争中战胜不过别人而痛苦,就不会因为失去的名利而忧伤。我们的生活,就会有更多的快乐。

　　有句老话说,人生不如意事十有八九。可见尽如人意,并非生活常态。修行人修的是心宽,这句话可以引申成:常想一二,少看八九。凡事看好处,看如意的部分,知足感恩,心地自然会锤炼得坚忍而宽阔。

　　仁者的无敌,不是因为仁者可以打败一切,而是在仁者的眼里,根本就没有敌人。敌人不过是自己心念中的影像而已。朋友不能教给我们的东西,敌人却可以教给我们。敌人教给我们的东西太多太多,我们应该回报以更多的感激。所以,真的仁者,不是没有对手,是不把对手当对手,而当成磨炼自己心灵的师友。

　　如果,我们眼里只有目标,只有彼岸,只顾及实现目标的可能性,就会全然忽略了岸边弱柳扶风的闲情雅致,天空飞鸟、云朵的曼妙情怀,远山峰峦叠嶂的磅礴气势。人生一旦偏离最初方向,被虚荣掩饰,让浮华蒙眼,到头来我们收获的很可能就是一把眼泪,一声被暗礁伤害的叹息。

　　每天,我们都要面带微笑,来与宇宙时空的无情、与岁月生命的多变,共同运转,那么就能看见江上明月,山间清风,岸边垂柳那样的美景。一路上,我们要与微笑的自己做拍档,不要与烦恼的自己同住。我们要不断地与太阳赛跑,不断穿过泥泞的田路,看着远处的光明。

欲望常在告诉我们,成功才是生存的一切,生命的顶点位于成功之上,要舍弃所有,忘记根本,不顾一切地追逐它。但是,生命所包含的命题远不止这些,应该大到包含着我们所期待的成功与痛恨的失意,还应该包含着时常被我们忽略的爱与和谐、亲情与友情。我们是生命的主人,却很傻,践踏了一切去追求成功,自以为了解生命的真谛,却常在恍惚中不识本末。

这世上,没有什么歧途不可以回头,没有什么错误不可以改正。对别人多一分宽容,少一分苛刻,就会减少许多令自己后悔莫及的事情发生,可以避免许多人间悲剧的发生。学会用自己高尚的人格去塑造他人高尚的人格,以一个博大宽容的胸怀去接纳他人。当我们用贼眼看人时,人人都是贼。当我们用佛眼看人时,人人都是佛。人世间最大的美德是宽容。

掌心里的温暖,看似有限,实则意蕴无穷,这种温暖可以传递。当爱心的薪火竞相绵延,即使火种寥若晨星,也终能化为那恒久灿烂的阳光,铺洒大地。一颗沙里看出一个世界,一朵野花里有一座天堂;把无限放在你的手掌上,永恒在一刹那里收藏。

前往桃源的路上,也可能四处泥泞,有些未知的人、缺憾的事总会出现。因此不必为一朵残花而否定满园芬芳,为一段枯枝而拒绝无边绿意。无论我们遭遇怎样的挫折,经受怎样的打击,都不该因此否定整个美好的人生。

心里装着别人的错误,就会到处用放大镜挑毛病,一再地折磨他人,也无利于自己;心里装着善良、宽容、感恩,生命就会充满阳光,他人的一切不好,会在你博大的胸怀中瓦解冰消。人生是苦是乐,关键看你喜欢与什么相伴;选择什么装进自己心里,是一门学问。

我们只是凡夫,所以不要给自己加上各种不切实际的要求,不要用难以承受的负担把自己压得崩溃。同时我们更要原谅他人。凡夫和凡夫之间,就像小孩子过家家,很可能为了微不足道的事情闹腾起来。有什么不可原谅的呢。

许多人能在逆境中忍辱负重、刻苦自励,却未必能处顺境。"春风得意马蹄疾,一日看尽长安花",言行举止失了分寸,灾难祸害很快就会随之而至。失意时要忍,事事顺利、飞黄腾达时也要修"忍辱"行。

# 有梦的人最美

　　"人生有梦,筑梦踏实。"这是一句很受用的话。这句话是在告诉人们一个人不能没有梦想,不过我觉得,最重要的是后面的那一句话"筑梦踏实",尤其是"踏实"两个字,意义最深。有些人遇到挫折怨声四起,不是换工作就是发牢骚,从来没有想过如果认真的经营,如果通过这些险恶的风浪,自己将会有什么样的良性成长。人海茫茫,人心也盲盲,不知道何去何从,只是继续重复过去同样生活的人,实在是太多了。

## 了解你的梦想,踏实的完成

　　网上曾报道过一位老兄,在某公司担任十几年的仓管,他拥有美满的家庭,两个孩子一个刚刚高中毕业,一个刚上高中。一天傍晚,妻子回想这十几年来的人生,顺口问他:"这几年来你一直担任仓管的工作,你觉得过得好不好?"他坦白地说:"仓管的工作很单纯,安静不吵闹,空气还可以,这样的工作没有挫折压力,每天只要负责进货、整理、包装、寄货,虽然产品有许多的编号规格,不过有计算机排序分类,一切都很轻松。""如果让你当年重新选择,你会考虑换科系吗?"他毫不犹豫,像是早已决定好的答案:"一定会!""不是过的好好,怎么想换科系?""我小时候最想当的就是医生,到现在一直没有办法如愿,假如让我回到过去,一定会选择考医学院。"她问:"现在你还想当医生,当年怎么没有好好考虑?"他分析说:"医学院的课程很多,非常花费时间,学费又比其他科系贵好几倍。那时候我只想赶快大学毕业弄一张学历,努力赚钱,然后成立家庭。"她接着说:"现在我们并没有什么生活压力,你怎么不考虑到进修部的医学院?"几年以后,他很感谢妻子当年的鼓励,现在剩下一个月即将医学院毕业。他开心的和我分享:"不管以后我会不会当医生,不过,我完成以前最想做好的梦想,心情从来没有这么满足过。"

梦想并不是偶尔做梦,偶尔提起雄图壮志,而是真心想要实现这一件事情的念头,筑梦的重心在于踏实,不是在于梦想的内容美不美。如果你一开始就否定自己,觉得自己是痴心妄想,还没开始就出现这些负面的想法,等于还没开始打球,就先把自己出局。梦想的实现并非不可能,除非你的梦想过于幻想,根本不可能实现,不然一般生活性的梦想,绝大部分都可以实现。

## 阻碍你实现梦想的石头在哪里,你清楚了吗

从前有一户人家的菜园摆着一颗大石头,宽度大约有四十厘米,高度有十厘米。到菜园的人,不小心就会踢到那一颗大石头,不是跌倒就是擦伤。儿子问说:"爸爸,那颗讨厌的石头,为什么不把它挖走?"爸爸这么回答:"你说那颗石头喔!从你阿公时代,就一直放到现在了,它的体积那么大,不知道要挖到什么时候,没事无聊挖石头,不如走路小心一点,还可以训练你的反应能力。"

过了几年,这颗大石头留到下一代,当时的儿子当了爸爸。有一天媳妇气愤地说:"老公,菜园那颗大石头,我越看越不顺眼,改天请人搬走好了。"他回答说:"算了吧!那颗大石头很重的,可以搬走的话在我小时候就搬走了,哪会让它留到现在啊!"

媳妇心底非常不是滋味,那颗大石头不知道让她跌倒多少次了。有一天早上,媳妇带着锄头和一桶水,将整桶水倒在大石头的四周。十几分钟以后,媳妇用锄头把大石头四周的泥土搅松。媳妇早有心理准备,可能要挖一天吧,谁都没想到几分钟就把石头挖起来,看看大小,这颗石头没有想象的那么大,都是被那个

巨大的外表蒙骗了。

面对人生的成败,阻碍你实现梦想的石头在哪里,你清楚了吗,你有真正移动过心里的石头吗?如果只是道听途说,别人怎么说你就这么认为,从来没有亲自体验,你永远都没有办法实现梦想。

## 勇敢做一个有梦的人

每个人都想实现梦想,许多人都不敢做,算算自己的命三两三都没有,天生的劳碌命别想什么功成名就,能够三餐温饱就很满足了。通往梦想的路上,有许多这样的大石头阻碍你,只要你有搬开大石头的决心,任何阻碍对你都产生不了作用,最怕的是自己的问题,碰见大石头搬都不想搬就举手投降。

实现梦想的过程,喜怒哀乐一定都有,或许十分艰难,或许遥遥无期,不过,只要你愿意,一步一步地计划,一定会出现让你欣慰的成果。你看不断做化学实验的居里夫人,不断尝试发明的爱迪生,不断撰写程序的比尔·盖兹,不断研究新型性能汽车的福特,这些人不是一开始就拥有这些成就,同样是从苦中煎熬历练而来。

平常缺少压力的人过得比较悠闲,有压力的人生活比较积极紧凑,同样的道理,有梦想的人一定比没有梦想的人坚强。实现梦想的途中没有人可以难为你,最怕的就是你自己难为你自己。有梦的人最美,勇敢做一个有梦的人吧,梦想所以会实现,是因为你从来不曾放弃。

# 珍惜生活,珍惜拥有

又到年末。

每年元旦,三叔总给我寄张卡片,上书:把握自己。去年的时候换成了"珍惜生活"。后来我把这两句话印到了名片上,告诉自己要"把握自己,珍惜生活"。

昨天在"QQ"上与智者聊天,忽然想到一句话"没有鞋子的人在碰到没有脚的人之前,总以为自己是世界上最不幸的人"。很有道理吧。其实对待生活,我们更应该有一颗感恩的、容易满足的心。罗兰说,我们生活在没有变故的日子里,不觉得一切顺利进行是多么可贵和多么值得我们欣慰和感谢。日常生活只要能按部就班,没有差错,不生枝节,那就已经是置身在幸福之中了。一些不必要的闲愁只是由于自己没有感觉到顺境平淡生活的可贵而已,难道不是吗?当我们在生活中碰到一点哪怕是小小的不顺利,我们都会格外地向往起那些平平静静、无风无浪的日子。比如,有一天我们生病了,哪怕只是小小的感冒发烧,我们也会很向往健康和"生龙活虎"的时候。记得上次在报上看到冯巩的母亲对冯巩说的一句话:"什么是幸福?医院里没有咱家的病人,监狱里没有咱家的犯人,这就是幸福了!"

知足常乐,随遇而安。我觉得这并不是一种消极的生活态度。一个人的一生中激情与辉煌的时候应该是很少的,大部分时候都是平平淡淡的。关键在于自己应该有一个好的心态去面对这份平淡。"随遇而安,安而不怠",应该是一种比较好的心态。一方面我们要感恩生活,安安心心于自己已经的拥有,另一方面我们也不能放弃努力,因为我们要力争过得更好一些。就像鸭子下水那样,表面上沉静平稳,波澜不惊,水底下却是小掌狠刨,嗖嗖破浪。

没有一个人会认为自己的生活中已经不再缺少什么,假如他退居到一个更恶劣的生活环境中,他会向往或怀念这种生活;但他在置身在值得满意甚至于值得羡慕的生活中时,他总还是觉得贫乏和不如意。所以,"当你痛苦时,想想别人更深重的痛苦吧;当你以为已经失去了生活的勇气的时候,想想世界上那些由艰苦中奋斗出来的人们吧。"愿我们都能心怀感恩的心,感谢上天让我们拥有了这么多;让我们都不放弃努力,以积极的心态去面对生活。"积极的思维可以创造灿烂的人生。"

梁实秋说:我所向往的生活,是绚烂之极而又归于平淡。但"平"不是"平庸"的"平","淡"也不是"淡而无味"的"淡"。

深刻直白

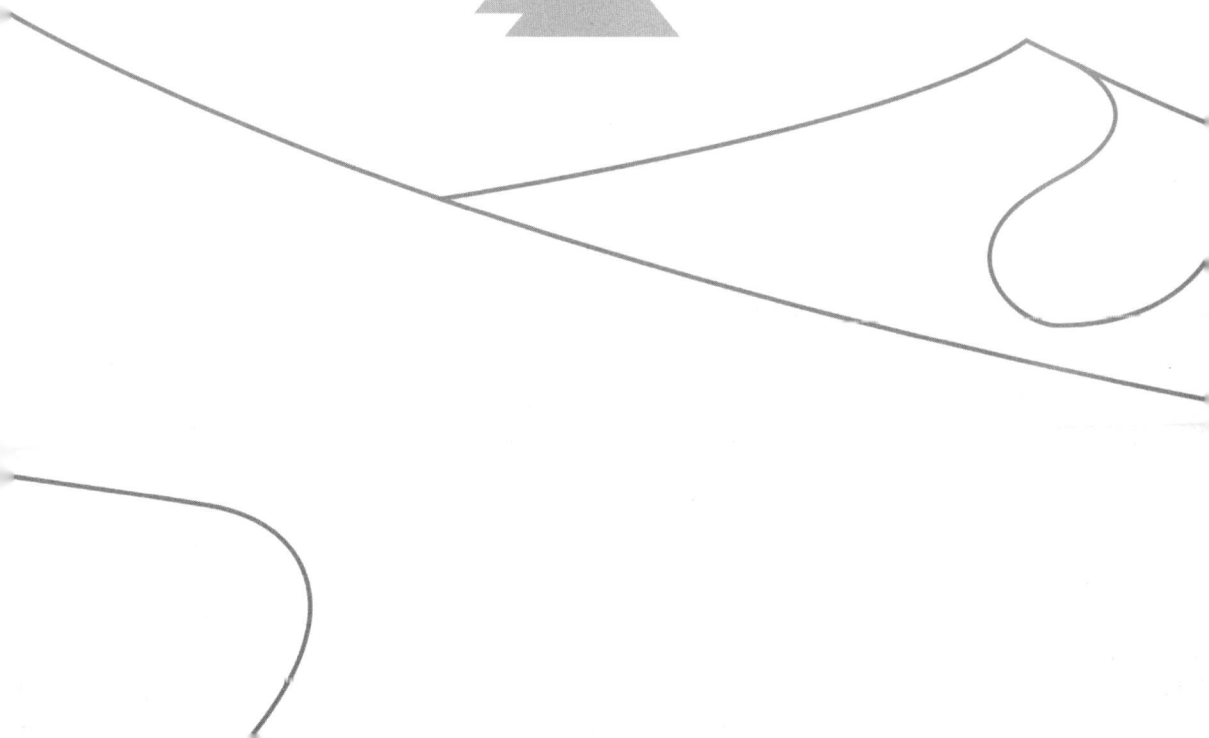

# 读书的真谛

　　"书籍是人类知识的载体,是人类智慧的结晶,是人类进步的阶梯。"互联网时代,信息唾手可得,搜索无往不利,获取知识的门槛变低了。当此之时,为什么要重温读书与学习的价值?一个重要原因就在于,相比碎片化、被动型的知识获取,读书与学习提供了一种系统化知识、整体性思考。通过阅读,我们让人类智慧的结晶序列式地内化于心。不管纸质书还是电子书,不论书籍的介质、读书的方式如何变化,这样的价值不会衰减、意义不会褪色。

　　目前我国教育机制仍然以应试教育为主,所以鲜少有人了解读书有什么意义,即我们为什么要读书。下面给大家讲个小故事帮助大家理解读书的意义在何处。

　　有一位很优秀的小学教师,深受孩子们的喜爱,但是她的班级里也存在一个问题学生,这孩子叫作田野,十岁孩子,成绩中等偏下,上课不专心,爱做小动作,作业也做得马虎。田野的父母也是头疼,平时得对孩子三催四劝,才能把他"请"上书桌学习。有一天这位老师在评改试卷时,发现田野在试卷的作文处留下空白,里面只写了歪歪扭扭的三句话:老师,读书有什么用?我不喜欢读书,我是为爸爸、妈妈读书的。爸爸、妈妈说以后我读到大学毕业就可以找到好工作,可是我不想工作,我以后想去放羊。老师才恍然大悟,田野平时总表现出厌学的情绪,归根到底是他想不通读书到底为什么。孩子有了心结,自然没办法爱上学习。而他扬言自己是为爸爸、妈妈读书的,这句话更是很多孩子的心声吧。

第二天课堂上，这位老师忍不住向学生们提问："你们知道，读书有什么用吗？"果然，没有学生能回答出来。他们眼神迷茫，有个学生更是说："我爸妈让我读书，我就读书。"这位老师合上课本，走到学生中间，说："有一个小故事可以告诉我们，读书有什么用，我们为什么要读书。在一座山里，住着一位农夫和他的小孙子。每天清晨，农夫都会早早地起来坐在书桌上读书。有一天，小孙子问道："爷爷，我也想和您一样读书，可我读不懂。只要我把书本合上，我就忘得一干二净。读书有什么用？"农夫指着角落的篮子说："这个篮子是放煤炭的，你带去河边，帮我盛一篮子水回来吧。"于是小孙子照农夫说的去做了，不过回来之前篮子里的水早早地就漏光了。"你下次得跑得快一些。"农夫笑着并把小孙子再一次带到了河边。这一次男孩跑得飞快，但他回来之前水依旧漏完了。试了好多次后，小孙子终于说："爷爷，篮子装不了水；这根本就没用！"爷爷笑着说："你觉得没用，可是你再看看篮子。"男孩转过头看篮子，他发现，原本又破又脏的煤炭篮子，已经从里里外外变得非常干净了。"老师讲完这个故事后，又对学生们说："我们读书就是这样的。书是河水，我们的心就是那个装满煤炭的篮子。我们每次用篮子去捞水时，什么也捞不起来，但是篮子会越来越干净。书读多了，虽然很难记得全部，但是我们的心灵就会慢慢变得纯净，想问题就更懂得开动脑筋。有一个同学偷偷告诉我，他长大想去放羊。但是大家想想，如果我们不读书，天天去放羊，一辈子都干不了别的。如果我们努力读书，我们就会更了解羊群，了解草原，了解怎么照顾羊，怎么样把羊养的健健康康，怎样把羊卖出最好的价钱。这样我们才能更喜欢放羊，甚至成为放羊专家，对吗？"

所以，做任何事，读书都是基础。我们是为自己读书的，不为别人。学生们纷纷点头，就连厌学孩子田野，也眼神闪烁着光。

从那天开始，这个问题学生再也没有做过小动作，上课变得更加专心了。连家长都跟老师反映孩子在家主动写作业了。

这个小故事的效应为什么会这么大，其实很多时候就是因为孩子没有真正理解读书有什么用，大部分家长熬过应试教育，也不一定能够说出答案，解决孩子的困惑。结果孩子反而产生自己是为爸爸、妈妈读书的错误念头。

每个孩子应当是为自己读书的。读书,是为了遇到更好的人,见到更精彩的世界,让自己拥有更好的选择。

当你的孩子有厌学情绪时,不妨将这个故事告诉他,激发孩子积极向上的心理。爸爸、妈妈,也请少用分数定论一个孩子的好坏,让孩子重视学习过程的快乐,这才是最好的教育!

对于"时间都去哪儿了",习近平总书记有一个简单的答案:个人时间被工作占去之外,经常能做到的是读书。在陕西插队走了三十里路去借书,有时吃饭也拿着书,经常给干部推荐书……读书是他的习惯、是他的爱好,更是他的生活方式,因为"读书可以让人保持思想活力,让人得到智慧启发,让人滋养浩然之气"。时代呼唤重温读书的价值所在,读书无用论者可以休矣,零蛋英雄的可怕年代就该一去不复还。

# 多读一本好书，多拥一缕阳光

　　闲暇之余，读几本好书，不仅可以修身养性、陶冶情操，还可以开阔视野，学到丰富的知识。所谓足不出户，便知天下事，读书百遍，其义自见，说的也正是这个道理。

　　读书的诸多好处，让我深有体会。从儿时爱上读书，从最初的小儿图画到百科全书、天文地理、唐诗宋词，无一不成为我的喜爱。后来，书读得多了，也从中悟出了很多做人的哲学，更深的了解读书的重要性，于是更加发奋苦读。因此也丰富了自己的人生，不仅在文学兴趣上获得一些收获，在以后的事业里书中所学也给予了我很大的帮助。

　　而更有因为读书，成就一番功名，让人敬佩不已的例子。

　　张海迪就是其中的一个。她五岁时患脊髓病，胸以下全部瘫痪，无法上学。她却以顽强的毅力，学完了小学、中学全部课程，自学了大学英语、日语、德语等语言，攻读了大学和硕士研究生的课程。后从事文学创作，她先后翻译了《海边诊所》等数十万字的英语小说，编了《向天空敞开的窗口》《生命的追问》《轮椅上的梦》等书籍。她又先后自学了十几种医学，同时向有经验的医生请教，学会了针灸等医术，为群众无偿治疗达一万多人次。

　　张海迪从一个残疾人到一位对社会做出巨大贡献的奇才，她完成了人生最美的一次演绎，她的人生仿佛是一道彩虹、美丽着无数人的眼睛。

　　可见，书中自有黄金屋，确实有道理啊。书籍就像一块巨大的宝藏，我们永远也开发不完。读书的好处恰又似长江之水源远流长,让人取之不尽、用之不竭。年少读书,志在千里,而中老年读书则别有一番情趣来。

闲暇之余,当你去欣赏一篇美妙的散文。它可以随时带你走进风景秀丽的田园风光,或是感受异域风情,或是欣赏春花秋月,无论远古还是未来,都仿佛是身临其境。若能读到励志之作,从中吸取足够的坚强与毅力,也可以把自己培养成一位生活中的强者,适应瞬息万变的世界。若是有幸读到几首好诗,品几阕宋词,更能让人心旷神怡了。此是读书之乐也,正如孟德斯鸠所说,喜爱读书,就等于把生活中寂寞无聊的时光换成巨大享受的时刻。

现正值经济高速发展,社会竞争日益加剧,生活节奏变快,人才的需求也更为突出。所以,无论是从学习知识,获得技能,还是修身养性,陶冶情操,读书都是极其重要的啊。

培根先生说过:"知识就是力量。"在这个知识竞争激烈的时代,知识的卓越能让人睿智,读书能改变命运。读书能陶冶情操、认识自然、认识社会,从而改造自然,改造社会,所以,我们要多读书,读好书。

读书让我们拥有快乐,长见识,读书给了我们不少的好处。读书不仅可以增长知识,还可以增加见识。俗话说:"秀才不出门,能知天下事。"就是这个道理。多读书,可以在喧嚣的世界里,找到一个属于自己的寂静角落,沉下心来,思考人生,让浮躁的心灵归于纯净……读书有助于拓宽你的知识面,使你更容易融入社会,读书是社会流动性的一个渠道。

古人说:"万般皆下品,惟有读书高。"说粗浅一点,人是能读书、著书的动物。故读书是划分人与禽兽的界限,也是划分文明人与野蛮人的界限。读现代的书就是与同时代的人作精神上的沟通交谈,读古人的书可以承受古圣先贤的精神遗产。

人不是天生就明白很多东西,但是先人会给后人留下知识写在书上,人们通过读书对世界、对自己、对大自然有了更深刻的了解,然后在这个基础上继续探索,从而让人类更好的活着。

世界上没有什么比读书更能回报你。舍弃糟糠,吸取精华,你会变得明智聪慧且豁达。高尔基先生说过:"书籍是人类进步的阶梯。"

多读书,可以让你有许多写作灵感。可以让你写文章的方法更恰当,在写作的时候,往往可以运用一些书中的好词好句和生活哲理,使文章更富有文采、美感。

多读书,可以让你增加一些知识,可以让你感到仿佛浑身充满了力量,这种力量可以激励着你不断地前进,不断地成长。从书中,往往可以发现自己身上的不足之处,你能不断地改正错误,摆正自己前进的方向。所以,书也是我们的良师益友。

多读书,可以让你变聪明。读书让你可以勇敢地面对困境,用正确的方法解决问题、战胜困难。多读书,能使你变得更快乐。读书也是一种休闲、娱乐的方式,读书可以调节身心健康,在书的海洋里遨游是一种无限快乐的享受,用读书来放松心情是一种十分明智的选择。

所以多读书,好处多。

读书能陶冶人的情操,给人知识和智慧,我们应该多读书,读好书,厚积才能薄发。多读一本好书,多拥一缕阳光。

# 《归来》——举重若轻话人性

近日,张艺谋导演回归文艺巨作《归来》在内地相继上映,好评如潮。本着对张艺谋的景仰之心,特地应朋友之邀前往万达影院观看了此片。影帝陈道明与影后巩俐教科书般演绎的旷世之恋,以唯美的画面及精致的细节语言完整地呈现在广大影迷面前。

## 剧情　父母爱情折射特殊时代背景

影片讲述了 20 世纪 70 年代初"文革"后期,与家人音讯全无、隔绝多年的"右派政治犯"陆焉识(陈道明饰)在一次农场转迁途中逃跑回家。这给怀抱芭蕾舞梦想的女儿丹丹(张慧雯饰)带来了巨大压力,她阻止母亲冯婉瑜(巩俐饰)与父亲相见。因此夫妻二人近在咫尺却又相隔天涯。

"文革"结束后,陆焉识平反回家,但他发现女儿已成了一名工厂女工,而妻子因患病已不认识自己。深厚的感情、生活的变故,迫使陆焉识做出对他来说最荒唐却又最合理的人生选择……

全片主打亲情、爱情元素,通过描写大时代下一个家庭在"文革"期间的痛苦遭遇,举重若轻说人性。

在观影过程中,不少观众被影片深深打动,频频拭泪。陈道明与巩俐两人所扮演的角色在火车站相见却被残忍分离,以及数年之后陆焉识平反回家,试图用弹钢琴来唤起失忆妻子冯婉瑜记忆的桥段都成为泪点。

虽然没有经历过那个动荡的年代,但是依然从影片中感受到心灵的冲击。"那个年代的爱情在现在看来好像极其不真实,但包含了人性最真的美,让人动容。"

影片中没有撕心裂肺的哭喊,但打动人的细节比比皆是。"这部电影还原了20世纪70年代的生活,非常适合"70后"年轻人带着父母一起感受他们那个年代纯真的爱情。"

执子之手,与子偕老。《诗经》中伟大的爱情诗句,因为被世俗化的广泛运用,变得让人生疑。在最初看张艺谋的《归来》时,我找不到比这两句诗更好的概括,只是生活在记忆中的冯婉瑜与生活在现实中的陆焉识,他们就像是两条并行的铁轨,相伴前行,却终生不再相识。

终生,这是个漫长的时间概念,我们曾经讴歌过的完美爱情,有几桩经得住这个词汇的检验?

但是在看完《归来》之后,我发现这部以爱情为载体的电影,隐藏着丰富的历史反思,有着对个人苦难以及民族命运的深度思考。

纵使相逢应不识,尘满面,鬓如霜。作为个人的爱情,也许没有什么比这种错位更让人惋惜。陆焉识终究在冯婉瑜的守候中"归来",但经历了人生的浩劫之后,包括你我,谁还能回到以往生活既定的轨道?山河依旧,物是人非,归来的人们将怎样面对不幸的往昔?曾经的苦难又怎样以个人记忆的方式进入寻常人的当下生活,并长久地影响他们的未来?《归来》试图提示我们,这是一个不容忽略的问题。

故事的表层,与《诗经》中的那两句诗相比,我更喜欢拉金的诗句:"在所有的脸中,我只怀念你的脸。"这青橄榄一样的诗句,平实,朴素,却以排除法的方式,将一份铭心刻骨的怀念凸显出来。精神与肉体受到双重打击的冯婉瑜选择了向后眺望,她逆时而行,生活在过去,在人群中一次次引颈寻觅着她的陆犯焉识。在她充满期盼的目光背后,不难看到在时间的深处,在她的青春时光中,有着她最为珍视的一段感情。她不认识现实中的陆焉识,却能死死记住他年轻时的脸,那张脸是她留恋的过去,是她生活的勇气,是她的命和她的一切。

相对于冯婉瑜大脑的一片混沌,作为知识分子的陆焉识的清醒则意味着他得独自承受所有的苦难,这是清醒者的宿命。在旧时代,鲁迅先生就曾说自己是黑屋里的先醒者,如果没有希望打破黑屋,还不如让他们在睡梦中死去。但是在《归来》中,陆焉识的人生态度是积极的,面对漫漫长路,他像冯婉瑜一样,选择了等待。他不离不弃,以百般的呵护、关心、耐心地等待一个人能够从黑暗的记忆深处归来。

一个人在精神深处期待着陆焉识能够回到她的过去;另外一个人在现实里守候冯婉瑜能够回到他的当下和未来。彼此的坚持恰恰让两人无法在清醒的现实中重逢,这是两条铁轨相互守望的爱情,感人却又无望。然而正是向后的怀旧,以及前行中的期冀,这两种背行的力量让《归来》这部影片具有了极强的内在张力。我揪心期待了一百分钟,看到的只是男女主人公人生故事的冰山一角。没有山盟海誓,没有玫瑰花,也没有卿卿我我的镜头,删繁就简的情感呈现是那样的含蓄内敛,中国式的爱情以及思想的中国式表达,让简约的剧情分泌出巨大的能量,直到演职人员的名字出现在黑色的银幕上,我依旧被摁牢在座位上,被故事的余味所控制。

原来,这部影片不仅讲述了一个动人的爱情故事与呼唤现实生活中人性的回归。看过之后,思想的余音绕梁,三日不绝。难怪好莱坞大导演斯皮尔伯格看完此片都感动落泪,真的值得你回归影院静静欣赏!

# 简单与快乐

"六一"儿童节刚过，我们一家大人一起陪着小孩度过了快乐的一天。想起若干年前自己小时候，快乐是一件很简单的事；如今长大后，才发现其实简单生活反而是一件快乐的事。

想起自己的童年，最开心的事莫过于跟随大伙伴们到鸟窝里掏蛋，夏天里追过知了，烂泥巴里抓过泥鳅，蚂蚁搬家时挡过小路，几颗弹珠可以玩一整天。梦想过自己会成为宇航员，登上月球，又或者有一天长出一双轻盈的翅膀，在天空自由飞翔，也许有天能成为探险家，在非洲的沙漠里考古。小时候的快乐很简单，因为有了纯纯的梦想。因为简单，所以满足。

在劳碌的工作和生活之中，为自己保留一份童心和希望，不要因为时间和精力忘记了你最初的梦想。如果，我们让自己的内心每天再做一次小孩，生命的不可思议将会在我们身上再流动一次，单纯而美好的小幸福也会在不经意间回归我们的生活。

其实我们每个人，特别是我们大人，如果能够保持一颗童心。不要因为自己的年龄或者工作而改变了你童真的小念头。在劳碌的工作和生活之中，为自己保留一份童心和希望。偶尔简单地去看待某个问题，不仅会变得非常可爱，重要的是可能会有更多的收获。

快乐其实无处不在，世界上每一个角落都充满着快乐。即使是做了一件很小的事，你也会觉得很快乐，因为那是你勤苦工作得成功的结果。经历了漫长的过程,你的认真、你的付出有所值,于是让你有成功感,感受成功的快乐。无论是小孩堆城堡,还是你绞尽脑汁终于破解了一道难题,成功感的到来都会让你快乐无比。快乐就是在一件也许很小的事情中,你尽力地去办好它,快乐也就随之降临——快乐其实很简单。

世界上最大的快乐是什么？获得大笔财富,拥有最大的权力;享有最高的地位?非也,并非前面有个"最"字的便是世界上最大的快乐。由此看来,快乐也存在于平凡之中。教师在教会学生某个问题时,觉得那是最大的快乐;清洁工把城市打扫得一尘不染时,觉得那是最大的快乐;尽自己最大的能力帮助别人时,觉得那也是最大的快乐……快乐平凡而简单,平凡中也有快乐——快乐其实很简单。

# 快乐其实很简单

有这样一句话——世界上并不缺少美，缺少的是发现美的眼睛。快乐亦如此。有些人成天悲叹、烦恼，殊不知快乐就在自己身边。只要善于发现快乐，快乐就会来到你的身边。快乐其实很简单哦！

快乐其实很简单，快乐源于我们自己。当你为一件事全心全意地付出，而得到成功，正在为此喜悦时，快乐已经悄悄来到你的身边。快乐藏在你那蕴含着满足的浅笑里。你的快乐源于你的成功。

快乐其实很简单，快乐源于别人。当你为别人解决困难，用自己最大的努力付出而帮助别人克服了困难时，快乐又一次来到了你的身边。这时，快乐又藏在别人真诚的一句"谢谢"中。你的快乐来源于别人的感谢。

快乐能够驱赶烦恼。当你烦恼自己的鼻子太塌时，不妨想想，它也能让你呼吸到新鲜空气；当你埋怨上帝给你的眼睛很小时，你就试着想想，它也让你看到了细水长流。快乐像一个使者，能让我们忘记许多烦恼和痛苦。

不知从什么时候开始，"郁闷"成了大多数人们的口头禅。我们经常会说："真郁闷啊！"抱怨生活累，抱怨自己付出的比别人多，抱怨自己的付出得不到应有的回报……似乎，每时每刻都有不快乐的事情发生。

其实，快乐是一种心情，所以不快乐的原因在于"心"。因为心被欲望抹去了原有的纯真；因为双眼名利的灰尘掩盖了原有的明亮。其实快乐很简单，一个会心的微笑，一次真诚的握手，一次倾心的交谈，都会是快乐的体验。

快乐很简单，只要我们有一颗真诚坦荡的心；只要我们不在乎付出，不计较回报；只要我们善于发现快乐、制造快乐，快乐一定属于我们。

# 健康就是最大的幸福

毛泽东讲过:身体是革命的本钱。在抗击"非典"疫情中,人们更深刻地意识到:健康最重要。

对于健康,人们常习惯于像对空气一样轻易地拥有,只有到了缺少的时候才想到去呵护它。平日里,面对繁重的工作、琐碎的家务,人们往往会为自己对健康的漠视找出不少的理由。

有人说,我很想锻炼,但苦于缺乏条件。其实,这只是一种托词。对他们来说,真正缺乏的也许不是条件,只是正确的态度和坚持下来的毅力。不一定要去健身房,饭后散步、做体操等,都是很好的锻炼。有人说,我不是不想锻炼,只是没有时间,但在酒桌上却看到他潇洒地豪饮,在麻将桌上看到他忘我地激战……当然,你更有可能在不久的将来看到他躺在病床上后悔不已的神情。还有人会颇为自信地说,我现在身体好着呢,至于锻炼,以后再说吧。这是对自己健康的不负责任。"现在用健康换金钱,将来又用金钱来买健康",两相抵消之后,其实他们什么都不曾拥有。

要有强健的体魄、健康的身心,需讲究良好的生活习惯。坚持不懈的运动对健康很重要。运动是一种有目的、有计划地促进人的身心全面发展的最佳手段,不仅能增强体质、预防疾病,而且能健美体型、丰富生活内容和提高生活质量。

没有豪宅名车、丰功伟绩,我们一样能生活得很好,可是没有了健康,生活将是日日的折磨。健康是最大的财富,只有保持健康的生理和心理状态,才能在工作中有所作为,才有可能享受幸福的人生。

# 莫言的幸福观

　　中国山东作家莫言获得了 2012 年诺贝尔文学奖，圆了中国人的百年之梦，国人为之振奋，媒体纷纷转载，各种声音都在发出，汇合成一股强大的嘈杂流，中央电视台不失时机地采访了莫言。《面对面》栏目名嘴董倩问莫言"您幸福吗？"面对亿万观众，莫言回答："我不知道。"董倩提示："绝大多数人觉得您这个时候应该高兴，应该幸福。"然而莫言的回答很值得玩味，他说："幸福就是什么都不想，一切都放下，身体健康，精神没有任何压力才幸福。我现在压力很大，忧虑忡忡，能幸福吗？但要我说不幸福，你就会说太装了吧，刚得了诺贝尔奖还不幸福。"

　　莫言的肺腑坦言，没有任何骄作，是直视内心的流露。在常人的眼里，能够获得世界文学的最高奖是人生道路的顶峰，从此成为世界瞩目的焦点，不仅名垂青史，而且名利双收，巨额的资金和前程无限正在为这位世界文人铺开了红地毯，毋庸讳言，未来的道路是一条让人不可限量的幸福之路。但是莫言不知道，他欲语无话，因为他看到了是压力，所以他忧虑忡忡。他能幸福吗？

　　得了诺贝尔奖还不幸福，就是因为来自于烦恼，因而放不下心。莫言说的是实话，因为他有烦恼，才会忧心忡忡，所以没有幸福。也许他在听到了获奖的消息的那一瞬间确有幸福快乐的感觉，但是接下来的媒体采访与网上评论已经将他的"幸福"打成碎片，陷入了不幸福的海洋。我对这种"莫言无语"的心情非常理解，当你进入那种无奈的时候，你的振奋心情已经不再。

　　"幸福就是什么都不想，一切都放下，身体健康，精神没有任何压力。"这是禅师的境界,也是所有人都明白,却无法做到的事情。当你"什么都不想,一切都放下"的时候,心境自然宁谧,清净无欲,才有超越;不为焦点,才能平静,幸福是你心中的感觉,快乐是你不再烦恼的时候。宋代令人明室道人曾说过:"不识烦恼是菩提,若随烦恼是愚痴。起灭之时须要会,鹧过新罗人不知。不识烦恼是菩提,净妙莲华生淤泥。人来问我若何为,吃粥吃饭洗钵盂。莫管他,莫管他,终日痴憨弄海沙,要识本来真面目,便是祖师一木叉。"烦恼与菩提是一对分不开的尤物,他们是不二关系,也是一体的两面。烦恼压过菩提就不幸福,菩提压过烦恼就幸福,所以幸福与不幸福,关键是烦恼多还是菩提多,聪明的人掌握了菩提,起灭菩提随心所欲,摆脱了烦恼就变得聪明,反之就是愚痴。我们都生活在一个充满陷阱的淤泥五浊世界之中,菩提就是净妙莲华,菩提觉悟就在世间,就在五浊世界中得到。吃粥、吃饭、洗钵盂都是栽种菩提种子,终日痴憨弄海沙就是日常修行,开发本来真面目关键还在于你的心识,于日常之中找回你的真面目,这就是你那颗清净的心。找到了清净的心,就没有任何压力,就获得了幸福。

　　莫言对幸福无法把握,是因为他没有放下,还没有找到原本属于自己的那颗清净的本真面目,他在五浊世界里面被绑架了,巨大的压力给他带来了烦恼。他虽然意识到了这都是内心所执,但是没有放开和放下,所以他不知道幸福在哪里?澧州龙潭崇信禅师曾经向天皇禅师请教怎样才能让自己的心不受烦恼的影响,天皇禅师告诉他四句话:"任性逍遥,随缘放旷,但尽凡心,别无圣解。"这四句话同样对莫言也适用,如果他有禅师那样的境界,他就会有幸福感了。

# 幸福的滋味

　　朋友曾发给我一个很有趣的短信故事。故事是这样的：小猪问妈妈："幸福在哪里？"猪妈妈告诉他，幸福就在他的尾巴上，于是小猪开始拼命地咬自己的尾巴，怎么也咬不到，于是他就着急的对猪妈妈说，自己抓不到幸福，猪妈妈笑着说："你一直向前走，幸福就一直跟着你。"看到这个故事的时候，我只当其是一个玩笑故事，觉得这猪妈妈多少有些阿 Q 精神；而最近感情出了问题，我却对这个故事有了新的理解。人处于热恋的时候，为了能够抓住眼前的着这种幸福，往往会忽略一些周围的事情，连与朋友的联系都会不自然的减少了；而一旦感情出现危机，就觉得自己是天底下最不幸的人，是那么的孤独无助。就在这个时候，朋友来电话了，一番诙谐寒暄，心底里就又多了快乐的感觉，突然发现，精神上又有了依靠；于是，从感情的圈子里跳出来，虽然还会悲伤，但是已经不会自怨自艾了，况且，这个时期在工作上得到了领导的褒赞。所以，我悟得：在某个幸福抓不住方向的时候，不妨就往前看，生活并不是单一的悲伤和快乐，如意和不顺心也是掺杂的，正应了老子的所说："福兮祸之所伏，祸兮福之所倚。"着眼于快乐，尽量的摈弃苦痛，幸福的感觉就不会消失。

　　我相信，每个时期，人对幸福的理解会有所不同的。比如小时候，由于很少有机会能够吃到糖块儿，所以很长一阵子我把能够吃上十块或八块糖块儿视为最幸福的事。然而时过境迁，到了现在，吃糖块儿的时候再也吃不出甜味儿，而是吃出了咸，于是，当别人大把大把地往我的怀里塞糖时，我总是坚决的退回去，一块儿也不含，除非那是喜糖，为了沾些福气儿，痛快地含上一块。再比如，如上面所说的，人会将爱情当作最幸福的事。当然，最幸福不能够等同于幸福，在人的心中，幸福是多元化的，只要能够获得满足感的，多半都是幸福的。

对我而言，我自己所营造的"幸福"就是读书。读书是幸福的，可以为小说里的主人公或喜或悲，茶饭不思；可以为某个优美的诗句，在心底把玩，在唇间轻吟；也可以读史，蹦现出一个个形象：高大的、猥琐的、激昂的、悲壮的，就这样在脑海里跳跃一个个动人的故事……我因为喜爱书，所以常常去光顾书店，免费的饱览书店里的藏书。在大学的四年里，学校周围的书店被我逛遍了。无论是旧书店还是新书店，无论地处黄金地段还是在犄角旮旯，都留下了我的脚印，而且我常常是他们的常客。遇到自己十分喜爱的书，我就会买上一本，带到寝室，爬到自己的床位上，细细地看。

在大学期间，我会被有的同学叫作"书痴"的，这并不是一个很优雅的称号，因为我买书的时候是很少讲价的，最多也就能够讲下五毛，一块的，于是常常被大家嘲笑"又被宰了"。而这个时候，我总会搬出我的一大套理论为自己辩白："书是用来读的，在价钱上下功夫，那不俗了？"现在回想起来，多少有些孔乙己式的，也难怪大家会不屑了。为了好书，我确实是不会计较那么多的，有时，为了能够找到满意的书，我就会一家一家书店跑，仔细地搜索每一个不起眼的地方，想必去过旧书店的人都知道，说不定在哪个被人忽略的角落就会有那么一本好书。而我有一次就发现了这样一本好书的，书的封面已经因为落上灰土的缘故，显得很破败，而翻开一看，竟是一本很好的诗词总汇，豪放派和婉约派诗词的精选都收罗其中，而这正是我所求之不得的，美中不足的是，竟然还配有很烂的英文版本，且不管这些，瑕不掩瑜，买回去再说。后来才发现，那很烂的英文版本竟然也帮了我不少忙，每当我对个别词句不是很理解时，我就参照英文语句，竟然很快明白了。哎，我的英语啊，除了在考大学英语四级派上用场外，没想到在这里竟然发挥了余热。

读书的过程以及藏书，这种幸福是很温柔的，然而，卖书却不可爱。在毕业前夕，由于不能够将所有的书搬走，我还是忍痛卖掉了几年来收藏的小说、诗歌集、散文集子,没想到在讨价还价的过程中,我心里承受的最后底线崩溃了,书是卖掉了,而这却成了我常常懊恼的事情。在讨价还价的过程中,我突然不能明白书的价值所在了,作为一种商品就这样廉价的出卖了,而它的精神价值能够传扬下去吗?我不知道,所以我懊恼。我想,我再也不会卖第二回书了,在卖的过程中,我的快乐也被卖了一半。

在每一个晚上,一个人读着书感觉依然很好。我努力的读着文字,捧书在手,我想:每一次阅读的过程,我已不再是努力地去理解作者,而是实实在在品味这个把文字当作生命的东西。哗然地翻开一页,或许闻到新书油墨的香气,或许闻到老书书页腐败的气息,突然感到一种幸福,这种幸福,书知道,我知道。

# 幸福没有排行榜

台湾女作家张小娴说:"如果幸福也有一个排行榜,你会让哪一种幸福排在榜首?"

有人说,不用工作还有钱花,这是最幸福的,然而有些不工作还穿金戴银的人他们只是感到了欢娱,并不幸福;有人说,身体健健康康的最幸福,然而许多拥有健康身体的人却整天愁眉苦脸,并没感到健康的幸福;还有人说,今生寻觅到一个爱自己的人是幸福,可是许多人得到了却没有好好珍惜……

有一位三十多岁的女士到外地出差,在6月1日零点,她收到了丈夫发来的手机短信:"亲爱的,祝你节日快乐!"早上醒来时,她感动得流泪了。她说:"我太幸福了!"

回到单位以后,同事们纷纷上前向她道贺:"你升职了!"晚上,大家为她举行了一个小型晚会 ,在同事们衷心的祝福中,她激动地说:"我太幸福了!"

几天之内来了两份幸福,一份来自丈夫的殷殷关怀,一份来自同事的忠心祝贺,只有时间上的前后,没有分门别类的排行,因为她不知不觉间在"幸福"前加上"最"字。

我曾经在失落时问过一个朋友:"幸福是什么?"她给我列举了一大串:幸福是悲伤时爱人一个温暖的眼神,幸福是一个几乎遗忘的朋友在你患难时打来的问候电话,幸福是久别返乡后又一次听到母亲絮絮地叮嘱,幸福是童年的记忆依旧清晰,幸福是饥肠辘辘时饱餐一顿时的痛快淋漓……

我问:"这么多幸福中你认为哪一种是最幸福的?"

她说:"幸福是随时随地都会出现的,在每一种幸福出现时,在那时那地,我都认为那是幸福的。"

听了朋友的话,我忽然想起著名学者钱锺书先生曾经说过,把快乐分为物质的和精神的两种,这是最糊涂的分析,一切快乐的享受都属于精神的,尽管快乐的原因是肉体上的物质刺激。我想,幸福也是如此吧,虽然有人因物质充裕而感到幸福,有人因一句安慰的话语感到幸福,但归根结底,幸福,是因为我们怀有一颗感恩的心,当我们怀有幸福的感动时,从来不会把它划为物质的或精神的,在感动的同时,我们内心里已悄悄地在幸福前面加上了"最"字。

我们一生中会遇到很多种幸福,每一种幸福都化作一滴感动的泪,都是同样的晶莹剔透,待多年以后,在我们的记忆里,它们都变成了珍珠,连成了一条美丽的项链。于是,我们感到了一生的幸福,因为,我们珍惜幸福。

# 要做事先做人

很多人都知道,要做事得先做人。但如何做人,做什么样的人呢?

圣人说,做人就得做一个好人,有诚信、有道义的正人君子。《弟子规》作为一部承载中华几千年文化底蕴的国学典范,其"孝仁义"之理在当今做人准则上仍然有着有益的指导意义,也在企业管理中起着重要的指导作用。

想起有的国外知名企业在提拔任用员工时,除了考察本人的工作表现外,还会看他的夫妻关系以及家庭情况,要是后院起火的通常不会考虑把他安排在重要岗位上,因为他连自己家庭都管理不好,或者说他有可能在做人上存在一些问题。现在想想确实是挺有道理的,难怪现在国内有些地方在提拔官员的时候,也提出要考察候选人的家庭状况了。

当然,《弟子规》仅是规范人们行事的"教条"之一,我们还需要从多个方面去修炼自己,提升个人价值。

前不久,听到一首歌中有这样几句歌词:"有些人做事不做人,有些人做人不做事;有些人只想做好人,有些人只想做好事。"让我感受良多。现实生活中有两种人:一种人做事时总想是否有利于自己做好人;一种人做事时只想是否能把事做好。这就不难看出,做人比做事更为重要。

笔者以为,我们如果把做人的问题想清楚了,做事自然也就顺理成章。反之争逐了一生,甚至"死不瞑目",但仍只是一个败笔。由此可以这样说,人生的一切成功,归根到底,都是做人的成功;人生的一切失败,归根到底,都是做人的失败。

# 善待"小事"

　　海尔集团董事会主席、首席执行官张瑞敏曾说:"把每件简单的事做好就是不简单,把每件平凡的事做好就是不平凡。做好简单、平凡的事所需要的就是认真精神。"量变是一个长久的积累过程,质变只是一步之跃。因此,每个人都应踏踏实实地工作和学习,把远大理想和具体实干结合起来,通过长期艰苦的积累,才有可能升级跃进,达到质变。

　　每个人都希望得到社会的认同从而实现个人价值的提升, 在每个人心灵深处都有一座需要我们用毕生的心力翻越的高山。然而,"好大喜功、好高骛远,不拘小节、不守小义"是现代人易患的通病,我们往往忽视了厚积薄发的过程之美。因此,笔者坚信:要想攀越人生价值的高峰,务必善待"小事"。

　　善待"小事"可以从古训中找到渊源。三国时期的刘备说:"勿以恶小而为之,勿以善小而不为。"再往前,可追溯到老子的"千里之行始于足下"……放眼世界,我们可以从成功人士身上找到善待"小事"的依据。美国著名作家戴尔·卡耐基曾说过:"一个不注意小事情的人,永远不会成功大事业。"将视线转移到今天的中国,在一些成功企业中也不乏善待"小事"的事例。海尔创造的OEC(海尔之剑)管理法"全面地对每人、每天、每件事进行控制和清理",就很好地诠释了善待"小事"的真谛。再说近一些,华电淄博山国电公司开展的"善小"文明教育活动,已经成为淄博山国电发展的重要思想平台。

古今中外的经验与"把每一件简单的事始终如一地做好就是不简单"有着异曲同工之妙。善待"小事",是做人之道,但它一旦成为员工自觉奉行的工作信条,必将彰显其文化张力,进而成为企业发展的强劲驱动力。

# 心理养生四良方

—— 善良　宽容　淡泊　心静

　　世界卫生组织为了强调心理健康的重要性,提出:健康的一半是心理健康。怎样才能保持心理健康呢?

　　善良是心理养生的营养素。古今中外养生学家都把"乐善好施"视为养生的灵魂,长寿者也多是忠厚、善良之人。轻松愉悦的心理状态,能促进体内分泌一些有益的激素、酶类和乙酰胆碱等。

　　宽容是心理养生的调节阀。在人生舞台上,各种角色牵缚于一起,因而难免磕磕碰碰、恩恩怨怨。吃亏、被误解、受委屈的事,总不可避免要发生。面对这些,最明智的做法就是宽容。

　　淡泊,是心理养生的免疫剂。淡泊,即恬淡寡欲,不追求名利。作为社会一员,对于个人地位的高低、荣誉的大小、报酬的多寡、享受的厚薄,如能泰然处之,则十分有益健康。

　　心静,是心理养生的不老丹。人生不如意事多,如果能不为他人好运而妒火攻心,不为自己挫折而心灰意冷,也不为身外名利诱惑而动摇,这样就能始终保持心静、神安,体内心气运行自然平和,机体因而调节正常,岂不益寿?

# 正义感与是非心

"正义感"与"是非心"是对人、对事截然不同的两种态度。比如,同样是发现自己的同事在工作中可能出现差错,有"正义感"的人会向他指出,提醒并帮助他避免可能发生的不良后果;而有"是非心"的人却看在眼里,当面不说,背后当作谈资。对于一个团队来说,这两种态度所造成的影响是显而易见的。指出问题,可以避免给集体带来损害,同时也帮助了同事;当面不说,背后评论,不但增加了当事人出差错的可能性,而且伤害了同事之间的感情,破坏了一个团队的良好气氛。

要有正义感,无是非心。这个道理说起来人人都明白。但有的人为什么做不到? 答案比较简单:指出错误,既需要勇气,又要讲究"方法",指出别人的错误会给自己增加一份责任,为了顾及自己的"得失",还是听之任之保险一点;而当面不说,背后评论的"自由度"就大得多,"高兴"时还可以在同事或领导面前表现自己的"先见之明"和"工作能力"。然而,在一个团队里,如果这种貌合神离的风气蔓延开来,对于这个团队将是一个致命伤,团队的发展就没有动力。

可见,培育企业文化,强调团队精神,树立有正义感的风气是十分重要的。首先,团队的领头人要有鲜明的导向,让"有是非心"的人自讨没趣,偃旗息鼓。其次,团队的每一个成员都应经常"换位"思考:在工作中如果希望别人及时给自己以指正和帮助,不希望别人在背后"评论",那么,"我"首先要考虑自己如何对待别人。物理学告诉我们:力的作用是相互的。在一个团体中亦然。

# 天籁无声,大爱不宣

## ——《非诚勿扰Ⅱ》观后感

2011 年新年伊始,趁着元旦假期,忙活完一年所有工作的事,我就想放飞一下自己的心情,时间属于我的了。于是,元旦前夜选择一家人一起去万达影院看了场电影——《非诚勿扰Ⅱ》。整部电影看下来,让我印象最深刻、有所触动甚至说感动的, 就是川川在送别父亲李香山时念的那首藏族诗人仓央嘉措活佛写的诗歌。

## 见与不见

### 仓央嘉措

你见,或者不见我

我就在那里

不悲不喜

你念,或者不念我

情就在那里

不来不去

你爱,或者不爱我

爱就在那里

不增不减

你跟，或者不跟我

我的手就在你手里

不舍不弃

来我的怀里

或者

让我住进你的心里

默然　相爱

寂静　欢喜

听完这首诗，我想到的只有两个词："真诚""纯净"。现在的尘世中，纷繁复杂的心思让人们都变得面目模糊、难辨真假，即使在诗里片刻感受这样不怨不燥、不奢不求、不离不弃的感情意境，也会让人觉得心里清澈许多。

最早被仓央嘉措感动的，是传说中他写的那首《那一世》。该诗是朋友发来祝贺新年的短信，看到的那一刻我呆住了，为他诗中的美。

## 那一世（节选）

### 仓央嘉措

那一夜

我听了一宿梵唱，不为参悟

只为寻你的一丝气息


那一月

我转过所有经轮，不为超度

只为触摸你的指纹


那一年

我磕长头拥抱尘埃，不为朝佛

只为贴着了你的温暖

那一世
我翻遍十座大山，不为修来世
只为路中能与你相遇

那一瞬，
我飞升成仙，不为长生
只为佑你平安喜乐

  我想，这不是简单的一首情诗，而是一种境界、一种修行，就像《非诚勿扰Ⅱ》里说的一句话："活着是一种修行。"人类把对爱情的渴望总藏在心中最柔软的地方，若偶然间不经意地轻唱，总会或多或少被轻轻打动。诗人离开人世间六百多年了，爱这一人类永恒的追求，却让情诗永远保鲜。

  片尾曲是仓央嘉措写的《最好不相见》，同样蕴含着禅意与哲理。人生无数个角色中，不管是爱情还是亲情或是友情，都是一种修行。人生是一场不可逆返的旅行，总有个人始终陪伴你打望风景，这个人也许并不能让你完全满意，但对你不弃不离，这就是爱，这就是婚姻，人生很重要的修行。"一辈子太短，婚姻再怎么选择也许都是错的，而长久的婚姻就是将错就错，这样才能白头到老、真爱永生！"可是，有时候我们往往因没有错下去的勇气而纠结着。所以如果开始就知道是个错误，那么，最好不相见……

## 最好不相见

### 仓央嘉措

最好不相见便可不相恋
最好不相知便可不相思
最好不相伴便可不相欠

最好不相惜便可不相忆

最好不相爱便可不相弃
最好不相对便可不相会
最好不相误便可不相负
最好不相许便可不相续

但曾相见便相知
相见何如不见时
安得与君相决绝
免教生死作相思

2010 的最后一天,将这首诗献给经历了这一年甜酸苦辣的我们,获取一份温暖,存下片刻宁静!朋友们,2011 年再见啦!Happy New Year!(新年快乐!)

# 铁人精神,永在我心

## ——《铁人王进喜》观后感

近日,公司组织大家观看了《铁人王进喜》专题影片。由于当天我们部门人员一起出差在外,回来后领导交代写篇观后感,所以,我特地上网在线补看了一回。看完《铁人王进喜》后很有感触,电影用彩色描写了新一代铁人标兵的思想历程和行动,用黑白的色彩描述了铁人王进喜在大庆的事迹,人物刻画生动感人。20世纪60年代的生活再一次展现在眼前,让人感触很多。

影片把我们带到了中华人民共和国成立初期那艰苦奋斗的年代,铁人王进喜忘我拼搏、艰苦奋斗、无私奉献的精神,深深地感动了我。那样的生活,有理想,有追求,没有那么多的诱惑和干扰,生活是纯粹、简单的。不像现在,各种各样的人生观、价值观,充斥社会,选择多了,好像人的心灵那种宁静反而越来越难得到。那个时代,也许物质很贫乏,可是他们的精神世界比起现在要来丰富,充实得多,他们有信念,有追求。

回想自己这十几年走过的艰辛历程,假如没有凭着一股铁人般的意志,假如没有铁人精神支援着我,我估计早已被命运——我人生面对的最大困难所击倒。

十一年前的那个夏天,我因在福建晋江磁灶110千伏变电站年检试验时,遭遇了突如其来的高压电袭击,造成全身85%以上大面积重度烧伤,生命危在旦夕。

其后经过泉州一八〇医院烧伤科全体医护人员奋力抢救及单位的全力支援和家属全心配合,历经了七次长达八小时以上的大手术,经过三个多月的抢救治疗,我终于脱离了险境,从死亡边缘被拉了回来。但此时的我,已面目全非,行动功能丧失殆尽,不仅仅是走路困难,上身力保下来的右手臂也动弹不得,我几乎完全丧失了生活的信心,我的人生从此变成了黑白。后来,经泉州一八〇医院医生建议,决定转往北京三零四医院继续进行后期的整形康复治疗。在北京期间,经过三〇四医院烧伤整形科大夫京萨大夫多次的整形大手术,后来又找到了北京积水潭医院手外科专家韦加宁大夫专门做了几次手部的整形手术,并结合当地医院开展的康复治疗,取得了一些实际疗效,我才恢复了部分行动的自由及右手的一些基本功能,这才使我重新恢复了生活的希望。

遥想自己受伤当年所经过的那一次次生死攸关的大手术,每次推进手术室都是一场与死神的邀约,每次都是一场与死神的殊死搏斗,当年的我正是凭着一股铁人般的钢铁信念和公司上下铁人精神般的大力支援,我才战胜了死神的恶魔,重新回到今日的工作岗位。

有时自己思考着这些年来走过的路觉得:每个人的人生都不同,只不过我的人生挑战比别人更有难度而已。我虽然遭遇了人生最大的不幸,但是经过这场人生最大的磨难,我也学会了当年铁人那种迎难而上的精神和敢与命运做斗争的豪迈情怀,学会了遇到什么困难都不会退缩也不想退缩的意志。如今在工作岗位上,我也是时刻以铁人为榜样,虽然我身体不方便,但是我都力争把手头的工作做好,从不推活,努力做好领导交办的各项任务。同事们也都喜欢把一些比较棘手的问题交给我去处理,因为经历了那场人生最大的困难后,我对困难已经无所畏惧了,而且责任心总鼓舞我想尽办法战胜解决一切"疑难杂症"。这些往往都需要我付出比常人更多的努力才能实现,因为现在身体残疾的我比以前未受伤时要面对很多来自自身条件限制的困难,若我没有发挥一点铁人精神和铁人意志,事情经常都会半途而废,无果而终。但我没有以此为借口,在工作中,我一旦接活,从不留尾巴,都会尽自己最大努力把工作做完做好。

当然,以后的人生道路,我还会面对其他的困难和挑战,我相信只要我心中永存铁人精神,发挥铁人意志,有同事们的支持,我有信心将不断战胜一切困难,勇敢地向前迈进。铁人忘我拼搏、艰苦奋斗、无私奉献的精神使我更深刻地体会到了历史赋予我们沉重的责任，作为一名电力员工，我们需要时刻以铁人为榜样，艰苦奋斗、勇于创新、努力拼搏、尽职尽责，做好自己的本职工作，把铁人精神发扬光大。

# 伊不懂爱情

## ——观《徐志摩和发妻张幼仪的爱情故事》有感

你总是问我，我爱不爱徐志摩。你晓得，我没办法回答这个问题。我对这问题很迷惑，因为每个人总是告诉我，我为徐志摩做了这么多事，我一定是爱他的。可是，我没办法说什么叫爱，我这辈子从没跟什么人说过"我爱你"。如果照顾徐志摩和他家人叫作爱的话，那我大概爱他吧。在他一生当中遇到的几个女人里面，说不定我最爱他。

——张幼仪

前几天，偶然打开电视，看到电视新闻纪录片正介绍徐志摩的爱情故事。本着对这位近代大才子传奇爱情神话的好奇，目不转睛地看完了整部纪录片。

看完后我想说的是，对于志摩而言，他伤得最深的女人，是领受够了他的薄情的发妻张幼仪，却爱他最深，不仅高寿八十八岁，而且是更值得众人敬佩的新时代女性。他的所爱陆小漫活到六十一岁，林徽因只活到五十一岁。也许这就是上天对张幼仪这位伟大女人的眷顾吧！

### 他说她是：乡下土包子

他们的结合就是家族安排的。

1915 年，由当时中国的政界风云人物张君劢向徐家为自己的妹妹张幼仪提亲，就这样，徐志摩把从未谋面的新娘娶进了门。

张幼仪 1900 年出生在江苏省宝山县,其祖父为清朝知县,父亲张润之也为当时知名医生。张幼仪在兄弟姐妹中排第八,曾就读于苏州师范学校。应该说张幼仪也是知书达理的女子。也许是这样的结合无法让生性浪漫的徐志摩接受,反感是本能一般,他在婚前看张幼仪的照片的时候便嘴角往下一撇,用嫌弃的口吻说:"乡下土包子!"

张幼仪出身显赫富贵却并不娇纵,相夫教子更是恪尽妇道。她是位传统女性,品行外柔内刚坚韧不拔,也是个极为朴实的女人,这却与徐志摩所梦想的浪漫和才情相差甚远。但张幼仪身上所具备的这些优秀品质在徐志摩看来是俗而难耐。

**情多者亦必情薄!**

与徐志摩对后来的林徽因或是陆小曼等女人浪漫地呵护和疯狂地追求相比下,他对张幼仪几乎就是冷酷负义和残忍,还有书用这个词来形容:惨无人道。

婚后的徐志摩对张幼仪从没有待见过,除了行夫妻之事外,对张幼仪几乎是不理不睬,而且就连行使夫妻行为这种事,他也只是遵从父母想抱孙子的愿望而为之,仅此罢了!

徐志摩在出国后的 1920 年冬,张幼仪也出国与丈夫团聚,当时徐志摩写过父亲要求张幼仪去英国的书信也是应张幼仪哥哥张君劢之请而写的。当时的情形是夫妻二人分居数年又有儿子,徐志摩没有理由不让张幼仪出国。当时徐家也极力主张送张幼仪去,徐家人所以送张幼仪去的理由,也是要时刻提醒徐志摩对家里的责任。

在张幼仪本人的回忆中,她道出了当年徐志摩去码头接她的情形:

"三个星期后,轮船终于驶进马赛港的船码头。我斜倚着尾甲板,不耐烦地等着上岸,然后看到徐志摩站在东张西望的人群里。就在这时候,我的心凉了一大截。他穿着一件瘦长的黑色毛大衣,脖子上围着条白丝巾。虽然我从没看过他穿西装的样子,可是我晓得那是他。他的态度我一眼就看得出来,不会搞错,因为他是那堆接船的人中唯一露出不想到那儿的表情的人。"

在由巴黎飞往伦敦的飞机上,张幼仪因为晕机而呕吐,徐志摩非但没有心疼反而鄙视嫌弃的把头撇过去说:"你真是乡下土包子!"

不过话才说完没多久,徐志摩也吐了,张幼仪也不甘示弱,轻声脱口说:"我看你也是个乡下土包子。"

这就是分别多年的夫妻的相会的真实情景,丝毫看不到久别胜新婚之情。

当夫妻俩在波士顿住下,不久张幼仪再次怀孕,而此时徐志摩正在疯狂追求徽因,无暇顾及,一听说张幼仪怀孕了便毫不犹豫地说:"把孩子打掉。"

在那个年月打胎是危险的也是社会不容忍的,张幼仪怎么能接受呢?她对他说:"我听说有人因为打胎死掉的。"

而徐志摩极为冷酷地说:"还有人因为坐火车死掉的呢,难道你看到人家不坐火车了吗?"

有书中这样描写之后的一个故事:

过后不久,徐志摩带一位中国女留学生来家中吃饭,书中叫她明小姐。张幼仪发现,这位穿着毛料海军裙装的小姐,竟是裹过脚的。送走客人,徐问张,对这位明小姐有什么看法,张说:"她看起来很好,可是小脚与西服不搭调。"走来走去的徐志摩把脚跟一转,好像张幼仪的评语把他的烦躁和挫折一股脑儿宣泄出来似的,突然尖叫说:"我就知道,所以我才想离婚。"

那时的徐志摩每天吃过早餐,就要匆匆地出门去了,某一天他出去后就不再回家,大约过了一周左右,音信皆无就好像从地球上蒸发了似的。但是他的书衣服生活用具都完整无缺地放在那儿,张幼仪很着急,可是她无法去寻找,异国他乡她不知道怎么办,这天徐志摩的朋友黄子美来了。

这个受徐志摩所托的人来向张幼仪问一个很怪的问题:

"你愿意做徐家的媳妇,而不做徐志摩的太太?"

张幼仪非常生气地说:"你跑来就是问这个愚蠢的问题吗?"

黄子美被张幼仪的模样吓坏了,徐志摩不知所措地站起来,赶紧离去。

张幼仪在他离开后重重地关上了门坐在椅子上。她知道徐志摩不会再回来了。

张幼仪想起了哥哥们,她想还是到二哥那里去吧!张幼仪坐在桌前写信。她告诉二哥:她已有身孕,徐志摩要她去打掉,还提出离婚,并也说到徐志摩的朋友来问我:愿不愿意当徐家的媳妇,而不当徐志摩的太太?这个问题让她如何来回答呢?现在她一个人待在波士顿,叫天天不应,叫地地不灵,只有向二哥你求救了。请哥哥快点给她来信。

在那时间,张君劢正忙着写文章参加政治讨论呢。张君劢在仔细看了来信,觉得很痛心,他想起了徐志摩的过人才华和他的善良、聪明来,这个妹夫本是他极为赏识的,张君劢在读完妹妹的信后,立刻展纸书写:

"张家失徐志摩之痛,如丧考妣。"最后又写道,"万勿打胎,兄愿收养。抛却诸事,前来巴黎。"

在哥哥的帮助下,张幼仪怀着孩子先是去了巴黎,后来去了德国的柏林,在柏林生下了她与徐志摩的小儿子,只在要办理离婚手续时,才找到柏林。产后,张幼仪很快从悲痛中振作起来,入裴斯塔洛齐学院,专攻幼儿教育。

后来这个在德国出生的儿子三岁时就夭折了,这令张幼仪痛苦万分,而徐志摩对于幼子的死是难辞其咎!徐志摩明知道张幼仪和孩子在德国却从不去看望也不问及,当他专门去柏林的时候,却是为了和张幼仪办理离婚手续!

## 他们是中国第一宗西式离婚的一对

1922年2月24日,张幼仪为徐家生了第二个儿子。

当张幼仪离开医院疲惫不堪地回到家里的时候,她的七弟交给她一封信,她一看信封,就认出那是徐志摩写的。张幼仪看了信后,心凉不已,只感到徐志摩怎么是如此不负责任的人,他的信中根本没有提到他们的孩子,以及他一个人出走把她扔在波士顿的事。徐志摩信中说的正是关于离婚!

1922年3月的柏林天阴沉沉的,在离市区很远的一座公寓里,进行着中国的第一宗西式离婚。

徐志摩手里拿着离婚文件递给了身体还很虚弱的张幼仪。张幼仪看了看文件上面写着:男女双方已经决定终止他们的婚姻,而且徐志摩已签了名,就等她张幼仪的签名了。

张幼仪缓缓地拿过笔,回顾数年的辛酸慢慢地写了自己的大名:张幼仪,为他们离婚作证的是吴经熊与金岳霖。金岳霖正是后来为了林徽因终身不娶的哲学家。

颇有意思的是徐志摩在离婚的3个月后,写首诗给张幼仪《笑解烦恼结——送幼仪》发表在同年11月8日《新浙江》报的副刊《新朋友》上。而在这同一期上就刊登了《徐志摩、张幼仪离婚通告》。这对张幼仪而言,无疑是具有讽刺意味的"用情",而正是这首诗,我们也可以看到徐志摩这些年对这场婚姻的痛苦。

## 笑解烦恼结(送幼仪)

这烦恼结,是谁家扭得水尖儿难透?

这千缕万缕烦恼结,是谁家忍心机织?

这结里多少泪痕血迹,应化沉碧!

忠孝节义——咳,忠孝节义谢你维系

四千年史髅不绝,

却不过把人道灵魂磨成粉屑,

黄海不潮,昆仑叹息,

四万万生灵,心死神灭,中原鬼泣!

咳,忠孝节义!

东方晓,到底明复出,

如今这盘糊涂账,

如何清结?

莫焦急,万事在人为,只消耐心共解烦恼结。

虽严密,是结,总有丝缕可觅,

莫怨手指儿酸,眼珠儿倦,

可不是抬头已见,快努力!

如何！毕竟解散,烦恼难结,烦恼苦结。

来,如今放开容颜喜笑,握手相劳;

听晚后一片声欢,年道解散了结儿,

消除了烦恼!

这场婚姻维持了七年。徐志摩自由了,他欢喜的放逐自己去追求爱情,在他后来与陆小曼疯狂恋爱的时候,怎能想到张幼仪的伤心和孤单呢?

由此我想到鲁迅与朱安。也是这样的包办婚姻,也是这样的悲剧,却同样是让一个弱女子去承担所有的悲剧的痛,当鲁迅与许广平相拥谈笑时,他们谁会想到还有一个孤寂的女子在向隅垂泪呢。

好在,张幼仪不是朱安。

## 我是最爱你的,可惜你不懂

离婚后的张幼仪独立刻苦学习,更为难能可贵的是,她回国后仍服侍徐志摩的双亲(认作寄女),并尽心抚育她和徐志摩的儿子,而《徐志摩全集》也正是在她的策划下出版的。有人这样评价张幼仪:她不似林徽因高雅不俗,灵气逼人,也不像陆小曼璀璨艳丽,令人无法自拔。其实错了,张幼仪身上却正是具备了中国女人最美的品质,是无人可及的,在之后,她以自己的才能对徐志摩父母的孝顺以事业的独立很成功赢得了徐志摩的尊重。可惜,这个浪漫一生的男人即使都没有爱过她,而张幼仪却是最爱徐志摩并不计报酬的一个女人。

1931年11月18日,在徐志摩去世的前一天,张幼仪在自己经营的云裳服装店里见到徐志摩。徐志摩到店里来问一下替他做几件衬衫的事,当时和张禹九即张幼仪的八弟随意的闲聊了起来。在他们的谈话中张幼仪这才知道,他是11月11日从北平到上海,因为家里人不敷出,所以徐志摩定居上海后,不得不出任北京大学英文系教,并在北平一所女子大学兼课,仅1931年春至夏,他已经南北往返竟达八次之多。徐志摩于11月13日到家后,就与陆小曼又大吵了一场。吵架的原因有多方面的,好像就有徐志摩劝陆小曼到北平去居住而陆小曼不肯。当时,张幼仪对徐志摩的处境很是同情,但这里面已经不是单纯的爱情了,还饱含着亲人一样的关心。张幼仪再三提醒他注意安全。

关于徐志摩遇难的过程我们可以了解一下:

18日徐志摩乘车抵南京,住在何竞武家。他在车上看到报上登载一条消息,说是京津地区正处于戒严状态,列车进京一定极不方便。他原想暂时在南京停留,搭张学良的飞机,但是张学良又不即返。他摸口袋,发现里面有一张保君建送的乘飞机的免费票。保君建是中国航空公司的财务组主任。

19日早晨8时,徐志摩搭乘中国航空公司"济南号"飞机北上。飞机师王贯一、副机师梁璧堂,都是南苑航空学院毕业生。他们与徐志摩一样,均为35岁。飞机上除运载了四十余磅邮件外,乘客仅徐志摩一人。10时10分,飞机抵达徐州加油时候,徐志摩给陆小曼写了封信,说自己头痛得厉害。但等飞机加好油后,徐志摩又坐上了飞机,这时是10时20分。开始时,天气很好,不料在党家庄一带忽然大雾弥漫,飞机师为寻找航线,降低飞行高度,不慎误撞开山山顶,机身起火,坠落于山脚。待村人赶来时,两位飞机师都已烧成焦炭。徐志摩座位靠后,仅衣服着火,皮肤有一部分灼伤,但他的额头撞开一个大洞,成为致命伤,又因身体前倾,门牙亦已脱尽。当晚,细雨霏霏,似乎是在哀悼天才诗人的早逝。

——摘自《徐志摩和他的原配夫人张幼仪》书

在这里我们可以知道,徐志摩是为了节约钱才坐的这班飞机而没有坐民航的飞机,也可以这样说,是拮据的家庭间接害死了这个诗人,这也是后人很多人反感陆小曼的原因。而难以寻味的是他去北京是为了听林徽因的演讲。

徐志摩到底为什么而死呢?

很多年来,张幼仪心里每每想起都是轻声的微叹一声:唉!

徐志摩遇难的当天晚上,张幼仪因为到朋友家打麻将回家很晚。半夜被迷迷糊糊敲门声惊醒,推门进来的佣人告诉她大门口有位中国银行的先生要见你,那人手里还拿着一份电报。张幼仪立刻到了饭厅请那位先生坐下,电报上很简单告诉她徐志摩因为飞机失事,已在山东济南身亡。

张幼仪想起那天下午徐志摩到服装店里来的时候,他说他得马上赶回北平。张幼仪问他干吗这么着急第二天也可以走的,其实就是觉得徐志摩不应该搭乘中国航空公司的飞机,即使是免费的。

可是徐志摩听了后笑了起来,说他不会有事情的。

当张幼仪听说,徐志摩赶着去北京的原因,是要参加林徽因的一场建筑艺术演讲会。很无神的说:你看,又是为了她……

来人说他去过陆小曼的家,可是陆小曼不收这电报,她说徐志摩的死讯不是真的并拒绝认领他的尸体。这让张幼仪心里很生气,徐志摩那么爱她,可是她竟然不肯认领徐志摩的尸体,张幼仪非常生气。

其实当时陆小曼当时是不相信这是事实,在等她清醒过来,也立刻让翁瑞午赶往现场。

张幼仪决定让儿子十三岁的阿欢以徐志摩儿子的身份去认领父亲的尸体,去的时候让八弟张禹九,请他带阿欢到出事的现场,毕竟儿子还小。在儿子去现场后,张幼仪去了徐家,一直以来她都在思考自己该怎么跟年老的父亲说。

早饭后张幼仪说对老人说:"有架飞机出事了,志摩也在飞机上。"

"志摩受伤了吗?"父亲很关心地问。

"大概正在医院里抢救吧?具体情况我也不太清楚。"张幼仪支支吾吾地说着,眼睛也不敢朝他看。

父亲说,他不愿意在这种状况下到医院去,吩咐张幼仪代表他到医院去看望徐志摩,在回来后把情况再告诉他,第二天,徐申如问张幼仪,徐志摩现在怎么样?张幼仪仍然没有敢告诉他实情,只是说,他们正在想办法,可是不知道他们有没有办法。又过了几天,张幼仪看看瞒是瞒不过去了,对老人哭着说:"没指望了,他去了!"

徐申如顿时流下了满是悲痛、愧疚和悔恨的眼泪……

这就是被徐志摩抛弃的张幼仪!此时,已经不需要用再多的文字去赞美她了。

葬礼上张幼仪献去了一副挽联,挽联是这样的:

> 万里快鹏飞,独憾翳云遂失路;
>
> 一朝惊鹤化,我怜弱息去招魂。

有书这样解释:

挽联的开头用了"鹏",这种鸟是候鸟,传说鹏的背很宽大,每年都要到天池去歇息,将徐志摩比作大鹏比较贴切。但是因为"翳云"而迷失方向,表面上看,是表达飞机遇上了雾而撞山。实质上,是暗指徐志摩在爱情路途上,被林徽因和陆小曼的"翳云"所迷惑,以至于"一朝惊鹤化"。最后一句:我"怜"你,为你"招魂",是为了"怜"我们共同的"弱息"。阿欢没有了父亲,将失去宝贵的父爱,成了不完全的家庭的孩子。"弱息"还指徐志摩。徐志摩和阿欢是徐家的单传独苗。

徐志摩死了但张幼仪还活着,她还要承担徐志摩身后遗留的未尽的责任,必须要孝敬老人要抚养徐家的独苗阿欢,还得去管理徐家的产业,包括后来台湾版的《徐志摩全集》也是在她的策划下编纂的,她为的就是让后人知道徐志摩的著作。

徐志摩遇到的几个女人里最爱他的就是张幼仪。

张幼仪的自立自强赢得了徐志摩的尊重但是始终无法得到他的爱。这对这个女人是不公平的,值得庆幸的是张幼仪晚年终于找到爱情的栖息地,与苏医师一起幸福地生活着,她再婚的时候离徐志摩死时已经二十三年。而离他们离婚时已经有三十二年。

张幼仪经历了爱与恨的艰辛,也以最高贵的人品谱写着自己的人生,尤其是她一直侍奉徐志摩的父母,有人说是旧教义对这个女人的束缚,而我看来,却不是,决定这样做的原因只有一个,是张幼仪有一颗善良而坚韧的心。

能健康长寿和安享晚年就是对这个坚强而可敬的女人最好的回报!

## 伊不懂爱情

徐志摩一生追求的是爱情,然后,也许是命运的捉弄,让他一直忽视了真正最爱自己的人,不管是风情万种的陆小曼还是才华至上的林徽因,唯一没有让他受伤的人却是他抛弃的张幼仪,这个女人把自己的过人之处潜埋在自己的朴实之中,而我们最容易忽视往往都是最真的东西,难道不是吗?

真爱不需要华丽和疯狂。

真爱甚至不需要承诺和誓言。

当徐志摩残忍的去伤害张幼仪的时候,徐志摩怎会知道正是自己伤害的这个女人在九年后替自己为老人颐养着天年。假如徐志摩泉下有知,以他感性的个性一定会流泪而忏悔吧!

忽然我觉得,徐志摩是真爱过的,但是,他却不懂爱情。

我们不知道在另一个世界的他们是怎样去化解那一场风怨,祝福这些人吧,愿他们来生不再有宿怨。


**附**

张幼仪简介

1900 年生于中国江苏。

1915 年与徐志摩结婚。

1918 年生下长子,同年徐志摩前往美国读书,隔年(1919 年)徐志摩则转往英国伦敦。

1920 年,张幼仪前往欧洲与丈夫团聚。此时的徐志摩与林徽因坠入情网,并于 1921 年要求与张幼仪离婚。

1922 年张幼仪于柏林产下次子,并与徐志摩正式离婚。

1926 年返回中国,1927 年在东吴大学教授德文。

1928 年担任上海女子商业储蓄银行副总裁、云裳服装公司总经理。

1949 年移民香港。

1954 年与苏医师结婚。

1974 年苏医师去世,张幼仪搬往美国与家人团聚。

1988 年以 88 岁高龄逝世于纽约。

# 推荐一部国产好片——《我不是药神》

昨天晚上应我儿之邀，陪他去万达影院看了一部据说豆瓣好评九点三分的国产影片《我不是药神》。放映结束后观众数次鼓掌，我坐在观众席里，直到出片尾字幕也还是止不住内心的感动，片场中间几次几乎惊叹而呼，屡屡被我儿制止。单纯的伤心、感动都不会有这么强、这么持久的催泪效果，《我不是药神》带给观众的是五味杂陈的感受，每一重观感都是超强的催泪剂。

这种强烈的观感有一部分原因是《我不是药神》的意外之喜，宁浩和徐峥两个喜剧界的领军人物合作，很自然地以为会是喜剧路数，谁能想到是一部严肃的现实题材呢。徐峥饰演的程勇本来卖成人用品，一个机会，让他做起了治疗白血病的印度仿制药格列宁的代理商，在赚到巨额利润之后，程勇的生活迎来了一次次的反转。

## 贫与富，生与死

《我不是药神》是一部有社会意义的电影，让观众对白血病患者有了深刻的认知，道出了白血病群体的生存现状。癌症能夺走一个人的生命、摧毁一个家庭，以此为题材创作电影本身就有了沉甸甸的重量。《我不是药神》没有浪费这个题材，而是给予充分的尊重，甚至尽可能地减少艺术加工。于是，在肩扛摄影微微晃动的画面下，呈现出了略带冷酷的质感，以及贫与富、生与死的强烈反差。

正版格列卫国内售价两万五千元，药厂代表穿西装戴名牌手表，在他的眼里只有利益的攫取或被侵害，而另一端的白血病患者群体，是倾家荡产，为了能省点药费，尝试各种仿制药铤而走险。在这样的情况下，他们面对的是生与死的选择，有的到处寻找仿制药延续生命，有的放弃治疗，选择死亡。

要把这些都演出来，对演员们来说有极高的难度。影片中每一个演员，包括只有一两场客串的演员，都有非常不错的表现。主演徐峥献上了从影以来最棒的一次表演，能感觉到他完全投入到角色中，眼神和精神状态都是程勇该有的样子，哭戏和情绪爆发的戏份也很有感染力；另一个是王传君，带来了颠覆式的表演，以至于花了很长时间才认出来是他，生病过程中每一点细微的变化都表现到位。

## 大格局，有担当

《我不是药神》的故事不刻意地煽情，博同情，甚至还不时地穿插一点徐峥的小幽默，要把故事讲好就必须要有几个主角，于是电影中有吕受益、刘牧师、黄毛等形象鲜明的角色，但更多的白血病患则刻意的模糊形象，他们总是沉默，少给或不给台词，总是安排他们戴着口罩。在我看来，这样做的目的就是为了营造一个大格局，电影聚焦的是整个白血病群体，以及经营仿制药的事件，所以要弱化人物形象，也没有太多治疗、穿刺等镜头。但程勇在贩卖仿制药过程中的种种遭遇，以及前后心态和价值观的变化还是会给观众带来不小的触动，他承担了多数的笑点和泪点。

《我不是药神》拍摄辗转南京、印度两地，耗时三个月，导演文牧野初执导筒就能拍出这样的作品让人意外，但更重要的两个功臣是背后的宁浩、徐峥两位监制。作为观众眼中的喜剧领军人物，两个人接着拍喜剧片肯定都是稳赚不赔，或者监制像《超时空同居》这样的商业片，也能有非常不错的成绩。但是两个人有更多的目标，也都有很高的电影理想。《我不是药神》是一次全新的尝试，其实也是冒险，这样的题材不太容易有很好的票房收益。因此，通过《我不是药神》能看到宁浩、徐峥两个人对电影艺术的追求,以及电影人的使命感。可以说,他们都是值得尊敬、有担当的电影人。另一方面,从《我不是药神》中看到我们不曾了解的一个群体,看到了我们社会进程的进步,同时也看到了电影审查的进步。

## 小医改,大进步

网络时代,我们经常能见到轻松筹众筹网提及很多白血病患者的悲惨遭遇。曾经在微信朋友圈发现有这么位患者差不多十年前查出白血病（现在已经过世）,他是个下井工人,也是家里的顶梁柱,得病之后整个家瞬间崩坍,也经历了从格列卫到印度仿制药再到最后放弃治疗的过程, 这是他自己以及整个家庭的悲剧。

不论是我们网络所见,还是电影里那些罹患白血病的角色,所面临的问题就是没钱、药贵,所以绝大多数家庭都负担不起,才会出现电影里的种种悲剧。不过随着医疗改革的一步步深化,从 2015 年开始一些省份将格列卫纳入医保,最高可以报 80%,让患者都能吃上正版药、放心药。《我不是药神》上映之后,我相信将有更多人关注白血病患者,关注白血病患者所面临的困境,《我不是药神》所体现出特殊的社会意义,值得所有观众为之骄傲。

这是一部典型现实生活片,敢于面对当今社会的痛点,演员阵容虽然不算豪华,但是演员的表演精湛到位,剧情真实感人,关注民生话题,自然能引起普通百姓大众的共鸣,不愧为近年来国内难见的荧屏佳片。

推荐适逢暑假的您,有空不妨去看看。

# 推荐一本好书
## ——《以平常心做人，以进取心做事》

　　每个人都有过美好的梦想和远大的抱负，每个人都想成为能够一展才华的卧龙凤雏。可是，很少有人能够如愿以偿。其中有一些人心浮气躁，为了达到自己的目的和实现自己的利益而不择手段，结果为人唾弃，成为千夫所指。可是更多的人在惨烈的现实中磨去了棱角和锐气，自甘沉沦，满足于现状，不名一文。

　　湖北广播电视大学刘新春副教授的新书《以平常心做人，以进取心做事》告诉我们：以平常心做人，以进取心做事。这既是做人与做事的标准，又是做人与做事的诀窍。

　　若失去了一颗做人的平常心，我们会倍感世路难行，人情似纸，命运坎坷，以至于我们失去了享受生活乐趣、体验工作成功中的那种恬适与快乐的心情；若失去了一颗做事的进取心，我们会发出借酒浇愁愁更愁、怀才不遇的感慨，以至于沉溺于现状，不能发挥出自己的聪明才干，而与成功的机遇擦肩而过，沦为平庸。

　　做人要有平常心，要有一种超然的态度，无论工作还是生活都不能心浮气躁、随波逐流、急功近利，要始终保持一种持之以恒、力学笃行，认真做事、本分做人的平静心态；做事要有进取心，就是要做到在其位、谋其政，有其职、负其责。无论是工作还是生活都不能碌碌无为、固守现状、甘于平庸，而应保持一种见贤思齐、知难而进、奋发向上的积极心态。

　　当我们的心态有了一种平和而又不失进取的弦音时，我们才能够在这个社会中左右逢源,许多曾经看似极为棘手的问题便迎刃而解。只有做到了这一点,我们才能享受生活、工作为我们带来的成功与快乐。

做人与做事的标准和诀窍:

以平常心做人,以进取心做事。

做人做事的标准和诀窍是什么?

这是一个生机勃勃而又充满诱惑的时代。人们思富心切,浮躁泛滥:

商人们渴望着最大限度的掠夺财富,于是虚假广告,伪劣商品开始充斥市场;

彩民们祈祷着一出手就能芝麻开门,一夜暴富,甚至不惜借债买彩票;

球员们幻想着一开赛就能力拔头筹,一脚破门,于是不惜玩阴谋,踢假球;

艺人们盼望着一出场就能不同凡响,一炮走红,于是不惜互相攻击,贬低对方;

官员们期待着一上台就能建功立业,一展雄风,于是哪怕自己是贫困县也要花重金打自己的功德牌,样板秀;

媒体为了赚足眼球,不惜编造纸馅饱子之类的假新闻愚弄市民……

如此,轻率冒进,急功近利是这个社会普遍存在的一种浮躁心态。

一些人为了满足浮躁心态,满足最小的投入或者根本就没有投入而获得最大的回报的急功近利的投机心理,大肆宣传一些所谓的谋略,甚至以"厚黑"命名,即脸皮要厚,心要黑。似乎只有人们个个都变成了黑心肝、厚脸皮才是走向人生和事业成功的终南捷径。其果真是如此么?

湖北广播电视大学刘新春副教授的新作《以平常心做人,以进取心做事》一书,不仅给人们指出了做人做事的标准,同时也告诉了人们做人做事的诀窍。

他在书中针对人们中存在的心浮气躁的现象提出了"改变世界不如先改变自己""常挪的树长不大""嫉妒他人不如学习他人"等十分浅显却又很容易被人忽视或者遗忘的道理。他还告诉人们做人首先要树立一种平常心,要牢记"不快乐工作就是对自己不负责""不能左右天气,但可以转变你的心情""愤怒是弱者的标志""把平常事做好就是不平常""为别人着想,为自己而活"等朗朗上口、又十分容易牢记的做人的基本原则。他还对于那些容易满足于现状的人们提出了"敷衍了事难成大事""害怕失败就会永远失败""随波逐流,不如随波逐浪""对工作负责就是对自己的负责"等发自内心的谆谆告诫;并且给那些追求上进的人们提出了"少发牢骚,多提建议""争强好胜不是进取心""勇于不断地否定自己""永远走在别人的前面"等具体可行的做事的方法和技巧。

刘新春副教授在书中针对人们在做人与做事中容易出现的误区,提出了许多十分可行的建议和措施。他说,做人要有平常心,要有一种超然的态度,无论工作还是生活都不能心浮气躁、随波逐流、急功近利,能够始终保持一种持之以恒、力学笃行、认真做事、本分做人的平静心态;做事要有进取心,就是要做到在其位、谋其政,有其职、负其责,无论是工作还是生活都不能碌碌无为、固守现状、甘于平庸,而应保持一种见贤思齐、知难而进、奋发向上的积极心态。平常心就是正常心,它是进取心的前提和基础,进取心则是平常心的延伸和体现。只有保持一颗正确看待生活与工作的各种变化的平常心,才能焕发出奋发向上、履职尽责的进取心。也只有做到了这一点,我们才能享受生活、工作为我们带来的成功与快乐。

## 一生做好一件事

在一次作家会议上,一位年轻男作家看到身边的一位女作家衣着十分朴素,且言谈举止也十分的矜持,便问:"小姐,你是专业作家吗?""是的,先生。我只是写点小说,不敢妄称作家。"于是,男作家断定眼前这位谦虚的女士只是一名普通的文学青年而已,于是摆出了一副傲慢的态度:"那我们算是同行了。我已出版了三百三十九部小说,请问小姐你呢?""我只写过《飘》这一部。"女作家的回答让那位自傲的男作家羞愧的无地自容。这位女作家就是玛格利特·米切尔,她用了十多年的时间虽然只写了一部小说《飘》,但是《飘》自出版以来,这部厚达一千多页的小说一直位居美国畅销书的前列。截至 20 世纪 70 年代末期,小说已被译成二十七种文字,在全世界的销售量也逾两千万册。相反那位出版过三百三十九部小说的男作家早已经无人知晓了。

昆虫学家法布尔说过，把你的精力集中到一个焦点上试试，就像凸透镜。对于一个人而言，如果他可以像聚光镜聚光一样将自己所有的资源和能量聚焦，那么他无疑会加速自己成功的步伐，从而创造生命的奇迹。

一生做好一件事，当然不是真的就只做一件事，而是指要认真地做好自己喜欢或者擅长的事。对于如何做事，如何获得个人事业的成功，湖北广播电视大学刘新春副教授在他的新作《以平常心做人，以进取心做事》一书中写道：

> "要想成功，你就不能够沉溺于现状。因为无论有多好的机会和多高的才能，如果你沉溺于现状，不思进取，你就无法采取有效的行动，更不会成功。如果你沉溺于现状，上帝也无法帮助你成功。你最大的朋友和最大的敌人，都是你自己。沉溺于现状让人失去了追求卓越的原动力，让人忽视了危机的存在，让人看不到更高的目标。然而，在竞争日趋激烈的今天，打破现状，勇于进取，才是生存的根本保证。不沉溺于现状者，拥有了更好的现状；沉溺于现状者，现状越来越糟糕。这不是命运的不公平，而是取决于你是否有一颗进取心。"

刘新春副教授还针对人们在做事的过程中害怕失败、争强好胜、敷衍了事、随波逐流等缺点，结合丰富多彩的案例提出了"害怕失败就永远失败""争强好胜不是进取心""敷衍了事难成大事""随波逐流不如随波逐浪"等十分经典而且极为中肯的见解。

新东方教育科技集团董事长兼总裁俞敏洪说："人生的奋斗目标不要太大，认准了一件事情，投入兴趣与热情坚持去做，你就会成功。"人生短暂，我们很少有人能够去做一些轰动世界哪怕是只轰动自己居住的城市的大事，大多数人只能够默默无闻地做一些小事。事实上，做大事的才能也需要通过做小事来训练。微软的公司很大，其实最初也只是比尔·盖茨和他的几个伙伴合开的一家软件设计工作室。指甲钳很小，但是梁伯强却把它做成了年销售额一亿多元的大企业。所以刘教授要求大家每一个人都要在今天对自己说：

> "请再多十二分的努力吧，认真地做好一件事。"

# 争强好胜不是进取心

有进取心的人生是一种积极的人生。但是湖北广播电视大学刘新春副教授却认为在现实生活中常常有人会陷入这样的误区：

把争强好胜和追求上进混为一谈。

刘新春副教授在他的新作《以平常心做人，以进取心做事》一书指出：其实追求上进和争强好胜二者有着本质的区别。上进心是相对于自己的现状而言要有所改变和提高，而争强好胜则仅仅是为了面子而忽视了个人的情况，片面的与别人攀比，要达到自以为比自己好的那种状况。争强好胜，要点在"争胜"上，"人比人，气死人"，在这种比较之下，我们无法体验到进步与成功的快乐，而且甚至会因此而影响自己与周围人的关系。

刘新春副教授在他的新书《以平常心做人，以进取心做事》中指出，争强好胜的人常常有着以下几种自己无法意识到的缺点：

1.处处要出人头地，要比别人强，而忽视了自己的实际状况和现实能力。这样的人常常是自己忘记了自己的职业目标和工作任务，而在某一个细小的地方与别人较真儿，以致影响了工作的全局。比如他会因为某个无关工作大局的问题而同别人争个高低，却因此浪费了时间，影响了工作。甚至和同事关系搞得很僵，影响了工作中的合作与配合。

2.做事十分挑剔，对待别人十分的苛刻。因为他个人争强好胜，因此总是要表现自己，显得自己与别人高一头。这种对别人盛气凌人、居高临下的指责和批评，即使是出自一种帮助别人和完善工作的好心，也是很难让对方接受的。

3.过于看重结果，常常会给自己制定一些不切实际的目标，并且常常会在上司和同事面前夸海口、说大话。结果虽然自己尽了全力，但是总是与预期的目标相差甚远，以至于自己在众人面前抬不起头，从而丧失了对自己的信心，走向了另一个极端，变得极为自卑。

那么什么叫进取心呢？刘新春副教授为此打了一个比喻：

如果有一样东西，你踮踮脚尖或者轻轻一跳就够着了，那就去够吧，这叫作努力进取。如果你跳起来也无法够到，或者虽然使尽各种方法向上攀登够到了，却把自己摔得半身不遂，那就别费劲了，因为这已经远远地超出你的能力了，这就叫争强好胜，或者更贴切的说是勉为其难。因此，我们要正确地树立自己的目标，而不是咬牙切齿地攀升，用力过猛的向上，争强好胜的代价往往是对自己的损害。

其实一个人是具有进取心还是争强好胜，归根到底是是否对自己有一个明确的定位。刘新春副教授还以刘翔为例来说明定位对于个人发展的作用：

1993年，刘翔在小学四年级的时候，被顾宝刚老师选入上海市普陀区少体校，主练跳高、辅练一百米短跑等，开始了职业运动生涯。1995年，在参加一次一百米比赛时，刘翔被上海体育运动技术学院（市体校简称二少体）田径队二线队教练方水泉看中，认为刘翔练习跨栏比跳高更有发展潜力。于是，刘翔在教练方水泉的指导下开始练习跨栏。九年之后，2004年刘翔雅典奥运会男子一百一十米栏金牌，并以12秒91平了由英国名将科林·杰克逊保持的世界纪录。这枚金牌是中国男选手在奥运会上夺得的第一枚田径金牌。

然而，在这个世界上并非谁都可以做刘翔的，一些人让他练到白发苍苍，跑到吐血也不成啊。非要去做刘翔，争强好胜反而耽误了自己在其他方面的发展。因此，那些争强好胜的都是二流选手。

刘翔之所以成一流选手，是因为他懂得自己的优势所在，没有继续练习跳高，否则中国少了一个飞人刘翔，却多了一个二流的跳高选手。

争强好胜的人常常是找不到属于自己的坐标，于是按外界给定的标准来要求自己。在他们眼中，所谓的成功都是以他人为参照。外界的是一些外在的微小的变化，都会直接影响他的情绪起落。以至于他本应该专注于适合自己目标，但是受这些无关的琐事的变化而迷失了自己的目标，一天天的迷茫下去。

为此，刘新春副教授提醒大家：在做一件事情的时候，我们首先要自问自己是几流选手；在做任何工作的时候，我们一定要不断地反思自己，自己是否在做适合自己的事情。追求上进的本义不是追求和别人一样的成功，而是做适合自己的和自己擅长的事情。只有做自己擅长的事情，我们才能够成为优秀的自己。

# 《人性的弱点》读后感

　　卡耐基是我大学时代崇拜的西方作家之一，我曾经用短短一周时间读完了他人性系列的几部专著。这段时间我又重读了他写的《人性的弱点》，更是受益匪浅。在这样的深夜，读这样的书，像是在品尝一场美味的人生盛宴，自得其乐。要将这种感觉说出来，还真是只可意会，不可言传了。它就像一面镜子，帮助我认识自己，了解自己，从而完善自己，驾驭自己，成为一个善于经营自己生活的成功者。漫漫人生路，它让我在看清来路的同时，更清楚自己在面对怎样的未来。

　　"真诚地欣赏与赞美他人"是我读完此书最深的感触。这本书，读一遍，只能了解一下大概，必须多读几遍，用心去体会其含义，所谓"知己知彼，百战不殆"，战场上如此，生活中亦然。一个了解对方更了解自己的人才可以在生活中游刃有余，立于不败之地。《人性的弱点》是卡耐基思想与事业的精髓，全书通过栩栩如生的故事和通俗易懂的原则，从人性本质的角度，挖掘出潜藏在人体内的六十大弱点，一个人只有认识自己，不断改造自己才能有所长进，方能取得成功。卡耐基写得并不是很深奥的，写的都是平常的小事，但嵌入了卡耐基的艺术灵魂。他对这些小事做出的反应，是我从未想到过的，使我的心灵受到了震撼，也使我感到自己是那么渺小。世界并不会因为失去卡耐基而停止转动，但有可能因为有了他而转得更好。卡耐基以他对人性的洞见，利用大量普通人不断努力取得成功的故事，通过他的演讲和书，唤起无数陷入迷惘者的斗志，激励着我们后人不断取得辉煌的成功。

《人性的弱点》这本书中的提示与建议又有着极强的可操作性,用一句话来概括就是:认清人性中的弱点,当我们办事的时候针对这些弱点下手,就会事半功倍。再次读《人性的弱点》,我领悟到:这弱点,既可以是自己的,也可以是他人的。若能了解的他人身上的弱点,有利于我们每一个人在日常的交往中顺利进展;了解自身的弱点,可以使自己扬长避短,凸现自己的优势,从而建立美好的人生。在国企上班,我时刻提醒自己要居安思危,要不断地提高和充实自己。

在这本书中,卡耐基谈到了我们在生活、工作中要学会真诚的赞赏他人。卡耐基说:"天底下只有一种方法可以促使他人去做任何事情——给他想要的东西。""在你每天的生活之旅中,别忘了为人间留下一点赞美的温馨,这友谊小火花会燃烧友谊的火焰。"

卡耐基说:"人就是这样,做错事的时候只会怨天尤人,就是不去责怪自己。"也许这句话我们并不陌生,可能还经常用到,只是我们将其做了少的改动而已,改动之后就变成了:"他就是这样,做错事的时候只会怨天尤人,就是不去责怪自己。"看似细微的差别,可是差之毫厘,谬以千里。当你用一个手指指着别人说这句话的时候,也许另外的手指正指着你自己。卡耐基一语道破人了这一劣根性。

我们总是喜欢高高在上,谈论别人的是非对错,为什么就不能对照评判他们的标准来,审视一下自己呢?别人做得不好时,是否自己做的就完美无瑕呢?当你认识到自己也会犯错误的时候,你又会上升到一个高度,总结出一个亘古不变的真理:"人非圣贤,孰能无过?"究竟病源是因为人们之间缺少理解和宽容。我永远记得电视剧《还珠格格 II》大结局时,紫微为皇后求情时的一句话,那就是"人生最大的美德是饶恕",当我们挤公交车别人不小心踩到你的脚时,当我们走在路上别人不小心撞到你时,你是怎样的态度呢,是怨气十足破口大骂还是饶恕别人善待自己? 我们考虑事情总是习惯于站在自己的立场上去思考,于是,别人所做的一切与己相异时都是错的,同时对于别人来说,岂不亦然! 可是如果双方都能站在对方的角度审视一下自己的话,结果定会截然不同的。站在别人的角度审视自己是一种理解和宽恕别人的素质和修养。只有不够聪明的人才批评和抱怨别人——的确,很多愚蠢的人都这么做。我们只有学会真诚地关心身边的朋友,才能赢得朋友最大的信任。

再次读这本书,我有许多启发,我准备好了良好的心态来面对未来将要发生的一切。

首先,我要改变我自己,要学会以快乐的态度对待生活、工作。书中说:"不要忘记,快乐并非取决于你是什么人,或你拥有什么,它完全来自于你的思想。"我相信,快乐源于心。有一则古老的格言,希望与大家共勉:"人的生命只有一次,所以,任何能贡献出来的好与善,我们都应现在就去做。不要迟缓,不要怠慢,因为你就活这么一次。"爱默生说过:"我遇见的每一个人,或多或少是我的老师,因为我从他身上学到了东西。"如果这话对爱默生来讲都是正确可行的,那么对我们每个人则更是如此。让我们不要老是想着自己的成就、需要,而应尽量去发现别人的优点,然后,不是逢迎,而是出自真诚地去赞赏他们。要"真诚、慷慨地赞美",而人们也会把你的言语珍藏在记忆里,终生不忘。

正如卡耐基先生所言:"一个人的成功,只有 15%归结于他的专业知识,还有 85%归于他表达思想、领导他人及唤起他人热情的能力。"所以,我想:只要我们不断反复研读《人性的弱点》,它必将有助于我们获得成功所必备的那 85%的能力。

现在,我把这本读物推荐给想要不断完善自己的你,希望你看了它以后有所感悟,有所改变。我们不必把它视为足以供奉的经典,它是一本轻松的读物,是一本放在床头,反思自己,修正路线的一面镜子。

人们说:正确的思想会使人享受正确而快乐的人生。祝愿《人性的弱点》的每一个读者朋友都有一个充实而快乐的人生。

似水年华

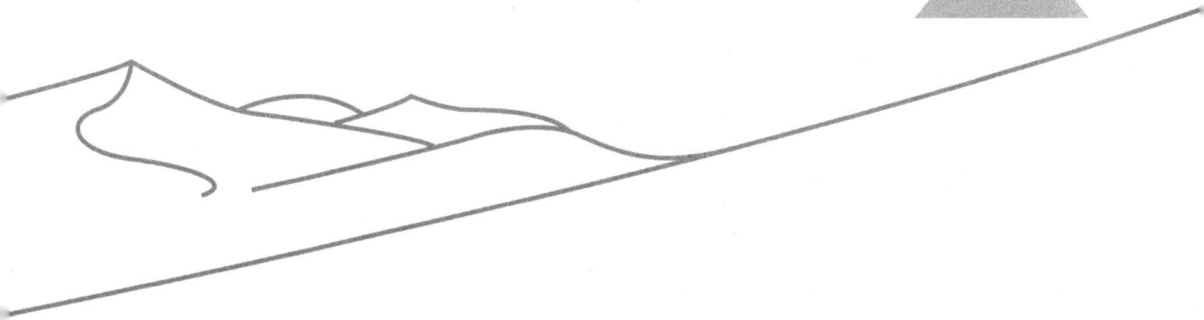

# "电网女雷锋"黄小清,大爱无疆无时限

1963 年的 3 月 5 日,毛泽东在《人民日报》发表题词"向雷锋同志学习。"接着,祖国大地掀起了学雷锋的热潮。在此后的几十年中,雷锋精神成为全心全意为人民服务精神的代名词。如今,每年的 3 月 5 日已成为学习雷锋纪念日。

今年(2013 年)是毛泽东等老一辈无产阶级革命家号召向雷锋同志学习五十周年。五十年来,雷锋精神历经风雨,历久弥新,教育了一代又一代人的成长。向雷锋同志学习,把有限的生命投入到无限的为人民服务中来;向雷锋同志学习,做一名平凡而坚定的共产主义战士;向雷锋同志学习,积极弘扬中华民族的优良传统,做一个对社会有用的人。

在生活中,一直以来都有一群默默奉献的人。就说我们电力系统里,同样也不断地涌现出不少雷锋式好员工,近的有泉州电业局的五星志愿者陈忠晟,稍远的有今年国家电网公司系统劳模宣传重点宣传人物——"全国五一巾帼奖章""全国五一劳动奖章"和"全国三八红旗手"获得者三明电业局黄小清。

黄小清是三明电业局清流县供电公司余朋营业所收费员。她 1991 年在余朋乡自费创办幸福敬老院,二十年来义务赡养十八位孤寡老人,还以女儿身份为其中十三位老人送终。她的善行义举在当地群众中口碑相传,她的崇高品德赢得了社会的广泛赞誉,她的感人事迹被中央、省、市等主流媒体竞相报道,产生了良好的社会影响,她因此也获得了全国电力行业 2010 年"感动电力"年度人物提名奖。

黄小清是公司深入开展创先争优活动涌现出的先进典型，是认真践行社会主义核心价值体系的优秀共产党员，是助人为乐、敬老爱老的道德模范。她的事迹彰显着凡人善举的光辉，展现着坚韧不拔的毅力品格，凝聚着大爱无疆的精神魅力。她的高尚品德体现了中华民族的优良传统，反映了和谐进步的时代精神，表达了共产党人始终忠于党、忠于人民的坚定信仰，她是公司广大党员干部和员工学习的楷模。

　　黄小清始终心系困难群众，尽其所能帮助弱势老人，让他们感受社会温暖，用实际行动诠释当代和谐社会发展的主旋律。她助人为乐，创办幸福敬老院，义务收养孤寡老人，尽孝尽善，让老人在迟暮之年享受人间亲情和温暖。她用心孝老，把孤寡老人当作自己的父母，将工作之余的大部分时间都用在照料老人上。向黄小清学习，就是要牢记党的宗旨，全心全意为人民服务。

　　黄小清为了敬老院倾力而为，却无怨无悔。她不计得失，先后为敬老院支付三十多万元的生活费和医药费，在家庭陷入经济困难之际，与家人节衣缩食，借钱赊账，从未放弃所赡养的任何一位老人。她不追名逐利，不求回报，始终保持平常之心。向黄小清学习，就是要大力倡导道德文明之举，在奉献中追求自我价值的体现。

　　黄小清把对企业的忠诚、对事业的追求、对工作的热爱，全部转化为认真负责做好本职工作的实际行动。她勤奋好学，凭着一股不服输的韧劲，完成了从普通收费员到业务能手的华丽转身。她爱岗敬业，用真诚与汗水赢得客户的理解和支持，实现了电费颗粒归仓。向黄小清学习，就是要保持脚踏实地的工作态度，努力在工作岗位上创造一流业绩。

　　黄小清二十年如一日，把精力和心血全部倾注在扶助孤寡老人身上。她不畏艰难，当家庭突遇重大不幸时，仍然顽强坚守信念，锲而不舍。她矢志不渝，坚持一辈子做对社会有利、对他人有益的事，以一己之力毫不犹豫承担起社会责任。向黄小清学习，就是要增强责任意识，勇担重任，无私奉献。

　　当前，省公司上下正深入学习贯彻党的十八届一中全会精神、扎实推进为民服务创先争优活动，公司党组织高度重视，加强领导，精心组织，在电力系统内广泛开展向黄小清同志学习活动,迅速在广大员工中兴起学习热潮。我们作为国家电网的一名普通员工,更要把学习活动与深入开展为民服务创先争优活动结合起来,将学习成果转化为为民服务的实际行动;要把学习活动与深入开展精神文明建设结合起来,推进新一轮文明创建;要把学习活动与建设和弘扬统一的企业文化结合起来,促进企业文化落地生根、开花结果;要把学习活动与弘扬"勇于担当,敢抓敢管,雷厉风行,持之以恒"工作作风紧密结合起来,在推进"五大"体系建设中学先进、比贡献、讲奉献,为深入推进"两个转变"、加快建设"一强三优"现代公司贡献自己应有的智慧和力量,成为国家电网一股无形的正能量、一阵扑鼻而来的清风。

# "停、限电"的反思

2008 年夏天,受干旱影响,我国南方大部分地区实行多年来少有的限电;紧接着,美国、加拿大两国的电网也遭遇大规模停电……一时间,限电、停电成为新闻媒体关注的焦点。

对于这种现象,专家学者进行了解读:我国是电力增长规划不足,美国、加拿大两国是电网老化等原因。

电业职工面对这种现状,是应该好好反思的时候了。

"停电""限电"成为头条新闻,首先意味着,电力已成为社会生活的基石之一:从微观来看,它关系着千千万万普通百姓的基本生活;从宏观来看,它影响着国家经济的增长速度,甚至涉及国家安全和社会稳定。

电力行业正值"机遇与挑战并存"的时代。作为电力职工,我们应该把社会责任感和使命感放在第一位,认真对待自己的工作,兢兢业业,保证职责范围内的生产安全。只有人人都做到爱岗、敬业,才能奠定安全基石,才能积"小安全"为"大安全"。电力安全了,经济增长才有基础;电力安全了,社会稳定更有保障。

当"停电""限电"成为新闻焦点,作为电业职工,我们应该有自己的解读……

# 班组建设与"家"文化

在班组里注入"家"的温情,鼓励每个成员对班组建设献言献策,让每个职工像对待自己的家那样对待班组,这对形成一个富有凝聚力和战斗力的团队至关重要。因此,开展班组建设,必须以"家"文化为切入点,做好班组的软环境建设,培育良好的工作氛围。

在班组注入"家"的温情,要与职工以诚相待。做到各项规章制度出台前,认真听取并采纳职工的合理意见。规章制度出台后,宣传工作要及时,做好职工思想的疏导工作。

在班组注入"家"的温情,处理好分配问题。无论是奖金分配,还是工作分配,都涉及班组成员的切身利益。出现问题就要从根源上查找原因,迅速纠正偏差,还要耐心地向职工解释,使职工消除心理负担,理顺思想情绪。

在班组注入"家"的温情,应时时关心职工的生活。当职工在经济上出现困难时,容易产生精神压力。此时,班组应主动给予援助和精神上的安慰,让其感受到班组大家庭的温暖。这种"雪中送炭"式的帮助,会在职工心底产生很大的震撼力和感召力。

在班组注入"家"的温情,也要关心职工的家庭。职工的家庭一旦出现矛盾,既影响职工的思想情绪,又影响工作干劲。这就要求班组长善于做一个细心的"心理医生",把握职工思想脉搏,发现问题及时通过各种形式和途径,帮助职工化解矛盾,解除后顾之忧。

# 地球一小时，减排有智慧

## ——2010 年 3 月 27 日地球熄灯一小时活动

3 月 27 日是"地球一小时"活动日，估计全球有六千多个城市、超过十亿人参与这一活动。

地球熄灯一小时活动目的不在于这一活动所传递的环保理念，不在于这一小时的熄灯，能节省多少电、减少多少二氧化碳排放，更不在于对这一"黄金时段"的"闪火"给市民所带来的麻烦和不便的担忧，而是对一座城市居民"世界公民"身份的确认。

"地球一小时"活动，由于其涉及的利益攸关人类生存与发展的公益性，因此其就像一声集结号，得到了越来越多不同国家公民的响应。全球越来越多的公民开始认识到，近两年来，在中国汶川地震发生之后，海地、智利、土耳其等又相继发生地震，事实上真实的问题已不是地下，而是地上发生了什么，全球任何一个公民都不能置身事外，一部《2012》更是把我们的这种情感推向了极致。更多的人开始觉得，与其成天担心着"是否 2012 大家一起走"，倒真不如埋下头来，尽其所能做些力所能及的改变，大到关注与参与类似哥本哈根那样应对全球性问题的会议，小到学些救助知识，节约一度电、一杯水。不仅仅是地震，还包括粮食安全、能源资源安全……这也正是"地球一小时"活动何以能以令人惊讶的速度席卷全球的内生动力。"我和你心连心，同住地球村。"毫无疑问，相对于偌大的"地球村"而言，每个城市充其量只能算作一个"村"。任何一座城市要想真正成为一个有品位、有影响力和现代国际大都市,在世界上享有地位和尊严,在人类文明中享有威望,就必须自觉地承担一个"世界公民"的担当。"熄灯一小时",对于众多城市而言,只是加入"世界公民"的一个开端。

# 环评内审严把关，绿色工程安民心

根据福建省电力有限公司有关环保会议纪要的精神和要求，近日国网福建晋江市供电有限公司(后简称：晋江供电公司)应泉州市环保局要求在国网泉州供电公司电业大厦组织召开了晋江智能园输变电工程与英厝变扩建工程等两个项目环境影响报告表内审会。会议邀请了泉州环保局、泉州供电公司环保主管部门、环评报告编制单位、工程项目设计单位等有关部门主管人员参与这两个工程项目环境影响报告表内审，经与会有关部门人员现场讨论后形成报批稿修改建议，由环评报告表编制单位重新修编后，再履行正常的报批手续。确保输变电工程项目尽量优化合理、绿色环保，力争让每个输变电工程项目真正成为服务民生的绿色能源工程。

晋江供电公司长期以来高度重视输变电工程环保工作，具有强烈的社会责任感与使命感；公司设立专门的环保技术监督专责，从事环保的工作人员业务素质过硬，工作踏实勤奋，能够圆满完成公司交办的各项环保工作任务；公司在环保制度建设、建设项目环保管理、环保宣传培训、环境纠纷处理、环保技术监督、环保科研与新技术推广以及环境污染治理等工作中成绩显著。晋江供电公司成立三级环保技术监督网，明确部门分工与职责，各部门各司其职，确保公司环保监督工作开展到位、技术监督及时。

晋江供电公司还高度输变电工程环境保护的宣传工作，进一步加强对市民的电力设施与电网环保常识宣传力度。公司常态联合晋江市环保局、生态办、泉州供电公司等有关单位积极开展年度环保宣传工作,取得良好环保宣传效应。晋江供电公司也是福建省电力系统首家荣获环保工作先进单位的县级供电企业,2016年初还获得福建省电力有限公司"2014-2015年科信环保工作先进单位"的荣誉称号。

多年来晋江供电公司年度输变电工程项目的环评率与竣工环保验收率均达100%。长期以来,晋江供电公司从未发生环保纠纷与投诉事件,未发生重大及以上环境污染事故;未发生影响公司形象及发展的、被环保主管部门通报批评的事件;未发生因环保工作失误导致环保主管部门对公司采取限批措施的事件;未出现输变电设施环保诉讼事件。截至目前,晋江供电公司2017全年累计已完成输变电工程项目环评报批三件,开展环保验收现场调查两件,开展环保项目招投标两件。及时开展年度电网环保宣传,完成环保监测任务两处,监测结果均合格。下一步晋江公司将继续加快所有剩余新建与竣工输变电工程项目环评报批以及竣工环保验收的进度,确保年度输变电工程项目环评率与环保验收率百分百完成,圆满完成上级下达的年度环保工作任务。

# 技术是发展的动力

技术是企业发展的重要动力。在我们电力企业,广大职工一直积极地投入复杂的生产技术和劳动工作中,发挥主动性、创造性,加速企业设备改造、技术进步,提高经济效益和生产效率,推动企业持续发展。

技术进步决定了企业的生产规模、发展实力。新时期,我们要增强技术是商品的市场观念,技术竞争力是企业核心竞争力的重要组成部分的观念;要提高核心竞争力,就必须提高技术竞争力,创建技术新优势,维护职工的技术权益。

我们要紧紧围绕企业安全生产、科技进步、管理优化等各项目标,推动经济技术创新工程。广泛开展技术创新,为不断提高现代管理水平提供强有力的技术支撑。要树立浓郁的生产技术风气,形成学习、应用、推广先进理论、技术的良好氛围。要创新技术培训、劳动竞赛等活动。将理论知识、专业技术、岗位技能相结合,进行应用项目专题培训、新科技前沿课题培训等。开展以技术开发、技术服务、技术创新为主的技术工程,营造较好的技术活动环境。要充分重视技术攻关在企业技术进步中的重要作用。成立各项目攻关小组,实施攻关计划,确立攻关项目和项目负责人制度,把技术薄弱点、设备缺陷点、安全隐患点作为技术攻关的主要项目,解决在生产技术中遇到的疑难问题。

当然,我们同时要认真执行国家产业技术政策,积极推进企业技术进步,优化企业技术结构,切实把技术转化为现实生产力。

# 节约用电　人人有责

电对人们来说是非常重要的,人们在生活中可少不了它。

想想看,再多发电场制造出来的电是有限的,一旦人们大量用电而且大量浪费,那生活中就会被缺电困扰,看不了电视,上不了网,一到晚上得靠电筒和蜡烛……所以,我们必须行动起来,节约用电、智能用电。

大家都知道要节约用电。那么,我试着问你们,你们有做到"节约用电"吗?有,或许吧!可是,生活中并不是每个人都真正做到节约用电。

我们常常爱看电视或电脑,可是开了后并没有真正关了它们。有数据表明,电脑显示器、打印机的待机功耗都为五瓦左右,下班后不关闭电源开关,一晚至少待机十小时,全年将因此耗电三十六点五度。有报道:按照国内办公设备保有量电脑一千六百万台、打印机一千八百九十四万台测算,仅仅是保守计算,每年就将浪费十二亿度电。就算你们在不看电视、不听音响、不用电脑的情况下,没有把这些电器的插头没拔下来,它们依然在消耗电能。一般家庭拥有的电视、空调、热水器等家电在待机时所耗电能加在一起,相当于开着一盏三十瓦的长明灯呢!看来,在不知不觉中有许多电能就从我们身边悄悄流失走,我们的节约用电的意识必须加强。

那么该如何节约用电? 在此,我有几个好方案:

1.如何节约电视机用电

使用电视机时,在不影响视听的情况下,亮度不要开得太亮,音量关小些。另外,不要频繁开关,关机后遥控接收部分仍带电,且指示灯亮,将耗部分电能,关机后一定要记住拔下电源插头。

2.如何节约冰箱用电

电冰箱的使用中除正确使用节电开关外,还应注意箱内食物不可太多,阻碍冷气流通,造成冰箱不制冷;相反,冰箱内也不要太空,那会造成冷气散失。另外,还要尽量减少开冰箱门的次数及开门时间。非无霜冰箱还应定时除霜,定期给冷凝器除尘,以免影响制冷的效果,浪费电能。

3.如何节约洗衣机用电

衣物应集中洗涤。如果洗衣机使用的时间有三年以上,发现洗涤无力,要更换或调整洗涤电机皮带,使它松紧适度。需要加油的地方应加入润滑油,让它运转良好,达到节电的目的。

4.如何节约电风扇用电

电风扇机的耗电量与电风扇的叶片大小和电机两端所加电压高低成正比,电机两端所加的电压又与转速成正比。也就是说电风扇的叶片直径越大、转速越高越费电。在满足风量的条件下,尽可能选叶片直径较小的电风扇,长时间运行时宜开在低速挡,以节省电量。刚启动时应在高速挡,达到额定转速后再换低速挡,这样有利于风扇的快速起动,从而达到保护风扇的目的。

5.如何节约电饭锅用电

虽然电饭锅的耗电功率较大,但保温性能特别好,做饭时待锅内水开后可拔下电源插头,利用余热还可加热一段时间,饭如果没熟透可再次插上电源插头,这样断续通电可节电20%到30%左右。

大家现在明白如何节约用电了吧!那又为什么节约用电呢?我再强调一下:

1.电有限量。世界上虽然有许多发电厂,每天能制造出很多电,可是再多也是有限,何况全球那么多人。

2.影响生活。既然电量有限,我们就要节约,以免发生停电。想想,停电有什么坏处?特别是晚上,看电视不行,上网看一下也不行,连上洗手间也得拿手电筒……

既然如此,岂能浪费？我们必须从今天开始,做到节约智能用电。

随着生活条件不断地改善,人与电的关系也拉得越来越紧密。我真诚地希望大家一起节约用电,也提醒人们,节约用电要从我做起,从身边的小事做起。

# 绿水青山话环保

一年一度的世界环境日又到来,今年(2016年)中国"6·5"世界环境日主题为"绿水青山就是金山银山"。如何创新环保宣传方式,让百姓更理解并支持输变电项目建设,推进我国电力行业的绿色、健康、快速发展,更好地为千家万户服务。

晋江供电公司继去年(2015年)在电力系统内首创与当地科学技术协会合作,利用科协的微信公众号平台,将《电网环保ABC》宣传册挂网宣传,让更多的百姓通过微信公众号平台了解电网环保的常识,正面宣传绿色能源、环保电网的理念。

今年(2016年)6月5日是全球第45个世界环境日,晋江供电公司继续积极参与晋江市环保局组织的八仙山环保宣传主题活动,在晋江市最大的生态公园开展户外环保咨询问答活动,现场发放宣传册与纪念品共五百多份,正面宣传"绿色电网,清洁能源"的国网公司形象,得到现场群众的一致好评。

为进一步宣传和推动社区居民的环保工作,增强百姓的环境保护意识,晋江供电公司计划近期联合晋江市环境保护局举办"6·5"世界环境日进竹园社区环保主题游园宣传活动,预计将产生良好的宣传效果……

此外,晋江供电公司还充分利用最新的用户通信工具微信朋友圈广而告之,同时通过辖区供电所营业厅累计发放《电网环保ABC》宣传册一千三百多册,产生了积极良好的宣传效果。

晋江供电公司长期以来高度重视输变电工程环保工作，具有强烈的社会责任感与使命感；公司设立专门的环保技术监督专责，从事环保的工作人员业务素质过硬，工作踏实勤奋，能够圆满完成公司交办的各项环保工作任务；公司在环保制度建设、建设项目环保管理、环保宣传培训、环境纠纷处理、环保技术监督、环保科研与新技术推广以及环境污染治理等工作中成绩显著。晋江公司成立三级环保技术监督网，明确部门分工与职责，各部门各司其职，确保公司环保监督工作开展到位、技术监督及时。

此外晋江供电公司还常年坚持积极配合地方政府开展"6·5"世界环境日主题宣传活动，正面宣传电网企业绿色环保理念。单位环保管理工作积极有效，是唯一一家常态开展年度环保宣传与环保培训，同时获上级宣传报道的县级公司，也是福建电力系统内第一家获得环保先进工作单位的县级供电企业。2016年初，晋江供电公司再次荣获2014-2015年度福建省电力有限公司"科信环保工作先进单位"荣誉称号。

# 企业创新有感

都说创新关系到企业生命,但又都说创新难,高不可及。殊不知创新就在日常工作的改进完善中,就是积日常工作中的点滴量变形成整体的创新质变。

创新存在于企业的方方面面,企业的构成模式、运作方式、经营管理、服务内容、服务方式等各方面都是创新的用武之地。换言之,在企业所有的业务中、岗位上都存在着进一步创新的余地,且永无止境。

企业的最高创新力,乃是通过有效的机制,激发员工在各自岗位上处于一种永不满足现有工作业绩的革新状态,从而形成随处可见可感的全员、全方位的创新气氛,锻造出整体上的日新月异的创新竞争力。

创新要敢于打破常规、打破传统,不断否定自我、超越自我。应从本企业、本岗位的实际出发,充分利用自己独有条件,发掘出本企业最佳最有效的生产、经营、管理方式。当然,有时不可避免地要借鉴、模仿别人的好思路、好办法,但在运用中一定要揉进自己的东西,要创造性地借鉴和模仿。

全员创新在许多企业中还处在刚刚起步阶段, 很多企业员工创新的热情和积极性还被旧的观念压抑着,没有发挥出应有的作用。如果企业领导层能够充分调动起全体员工不断创新的积极性,充分发挥每个员工的聪明才智,让他们在自己的岗位上不断创造出超越自己的新成果, 毫无疑问这个企业所拥有的这份整体创新力,是任何强大的竞争对手也不敢小看的。

实现全员创新,首先要营造氛围,形成机制,敢担风险,宽容失败。创新必定会有风险,因此,明智的企业管理者应允许员工在创新过程中失误,使他们能从失败中吸取经验教训,来重新投入实验和革新。对个别失败者的安抚和鼓励,也是对所有员工创新积极性的一种保护。当然,不能盲目地冒险,在任何一个革新方案实施之前,都要进行充分的论证,准备多种变通或替代方案,一旦失败可用于应急,把风险控制在合理的范围内。

# 浅谈电力企业的"文化力"

　　电力企业的"文化力",是指企业文化对电力企业经营活动的驱动力,作为电力企业可持续发展的支持力量,它以文化为背景,给企业带来有形和无形、经济和社会的多重效益。面对新形势,电力企业要着力从五方面探索并实现企业文化力的驱动,以提高竞争力。

　　一是培育学习力。"人人是学习之人"应该成为电力企业的基本理念。进一步转变员工的学习态度,树立"为企业学,为岗位学,为自己的未来学"的观念。学习现代科技知识,提高科学文化素质和岗位技能;学习市场经济知识,增强竞争能力。

　　二是培育聚合力。人是企业的主体又是企业的载体,必须倡导"以人为本"的文化理念,营造"尊重人、理解人、关心人"的文化氛围,花大力气做好员工感知、认同企业价值观的工作,增强凝聚力。

　　三是培育创新力。加入世贸组织后,电力企业不能仅仅停留在原有的创业热情、经营模式、管理方式、服务水平上,必须要突出产品创新、营销创新、服务创新、组织管理创新,降低和规避市场风险,谋求企业的顺利发展。

　　四是培育亲和力。电力企业的产品是电,可谓无处不需。要树立"便捷、安全、廉价"的产品形象,并在各个工作环节中做到"视客户的要求为命令,视客户的抱怨为商机,视客户的发展为责任",探求具有电力企业特色的个性化服务,力求规范化和更具人情味。

五是培育竞争力。电力企业提高竞争力必须从战略和战术两方面着手,多元化、双赢是较为常见的战略模式,在经营中要具有综合各种复杂局势的经营能力和把握市场的战略眼光,推进"你中有我,我中有你"的双赢模式,使资源得到最充分的利用。

# 三十华诞，共创辉煌

## ——为晋江供电公司建司三十周年企业文化节点个赞

2015 年 1 月 29 日晚，泉州供电公司第九届企业文化节闭幕式暨晋江供电公司企业文化成果展示会在晋江市老年大学举办。由晋江供电公司职工排演的14 个节目精彩激昂，体现了公司职工青春活力和正能量，展示了公司企业文化丰硕成果，为现场观众献上了一场视听盛宴。"企业是船，文化是帆"。这场晚会不仅展示了晋江电力人的新风貌，也增进了公司的企业文化凝聚力。

时间都去哪儿了？人生能有几个三十年？晋江供电公司自 1985 年成立至今一晃已经过去三十年，古人云：三十年河东，三十年河西。晋江供电公司厂址从成立之初井仔 24 号几度搬迁至今日世纪大道 679 号，期间不仅见证了晋江电网规模的逐步壮大，也见证了晋江经济的起步与腾飞。笔者 1995 年从福州大学毕业后参加工作，也有幸见证了公司迅速增长、创造辉煌的二十年。下面我愿意与您一同分享一下晋江供电公司那些年那些事。

记得 1995 年那年，我们几名大学毕业生跟随电力三十几名职工新军，一群朝气蓬勃的年轻人一同步入崇德路旧电力公司大院，一切却显得那么新鲜。调度大楼一大块公司变电站接线模拟板首先映入我们的眼帘，变电站里一台台笨重的设备——110 千伏变压器、油开关、隔离刀闸、开关柜、继保屏……现场一切东西对我们这些职场菜鸟而言，显得既熟悉又陌生。

我和几名同事被安排到修试所上班，当时修试所主要负责公司变电站10 千伏部分设备的维护抢修以及高压用户供电工程的安装，修试所仅有七八名老师傅一见来了几名愿意来干粗活的新军,心情不言而喻的喜欢,又担心新手手生帮不上忙。在接下来半年多时间里,我作为临时领队带领三名年轻的新军一同前往省电力建设安装公司参加培训学习, 在福州白湖亭变电站施工现场跟随安装调试师傅学习110千伏变电站安装调试。在白湖亭变电站工地里,处处可见我们几名年轻人的身影,有的跟随一次班师傅学安装,有的跟着二次班师傅学调试,白天大汗淋漓,夜晚就在工地高压室席地而睡,同行的一名女生被单独安排住到二楼主控室值班间,被我们男生戏称"豪华单间"。吃的是一福州依伯帮我们做的所谓大餐——一份米饭、丁点鱼肉加少许蔬菜。年轻的我们当时初出茅庐,身上总有股用不完的劲,夜晚经常凑四个人一起打牌就是夜间最好的娱乐了,一个晚上打下来经常三更半夜,隔天一早,班长一身令下,大家还是准时起床开工干活。如今回忆起那段痛并快乐着的岁月,还历历在目。后来回想,那段时间我们几位年轻人不仅磨炼吃苦耐劳的意志,也熟悉了业务知识。对我们日后在工作岗位迅速成长奠定了一些基础。

培训归来的我们,赶上了晋江经济要插翅腾飞的十年,公司变电站建设规模日新月异,高压供电用户逐日增多。西滨35千伏变电站、龟山110千伏变电站、岸兜110千伏变电站;晋江南苑酒店、帝豪酒店、爱乐酒店、晋江兴业银行、建设银行等地方高压配电室里,到处都有留下我们年轻人湿湿的汗水。我们修试所的办公室也几经周折,后来搬到凤竹旧厂区的变电运检大楼办公。

2002年"五一"劳动节,晋江地标式建筑晋江电力大厦竣工落成,我们跟随机关管理大军搬迁到世纪大道的大楼里上班,环境变干净整洁了, 也宽敞了许多,中午还能在食堂美美吃顿午餐,别说自己很知足,朋友间也都羡慕不已,当年单位的年轻人要找个对象似乎也容易许多,晋江电力公司成了当时许多年轻人梦寐以求的职业高地,也成了当年好单位好职业的品牌象征。

一晃十几年光阴又过去了,公司也走过了光辉的三十年。作为企业的一名普通员工,我们更应该对企业的未来有所期待,坐船爱船走,水涨船就高!最后还是祝愿晋江供电公司的明天更辉煌,员工更幸福!

# 细微之处显真诚

在某县电力公司营业厅的阶梯旁,贴着"小心防滑"的提示语,意在雨天提醒客户在进出大厅时注意脚下的地板湿滑,以免摔倒。

看了上述的例子,或许你会说,就是贴了一张小纸条嘛,没什么大不了的。此言差矣,君不见"一滴水可以折射一片阳光"。对于客户而言,最重要的是电力部门能提供优质的服务,而服务恰恰须从小事做起,小到服务台的一把笔、一纸便条、一副老花镜。"窥一斑见全豹",小事情可以折射出企业职工的工作作风和精神风貌,甚至整个企业在客户心中的形象。

俗话说:四两拨千斤。"小心防滑"从细节上体现了电力员工对客户的真诚。我们总在倡导"点亮万家灯火,服务百姓生活"。想来,这不应是一句口号,我们做出的承诺会牢记在客户心中。客户的眼睛是雪亮的,他们通过我们的行动来了解电力行风情况,而行风建设无疑是一个长期渐进的过程,没有一蹴而成的捷径。那么,只有从你我的一言一行、一点一滴做起,才能让客户感受到我们的真诚。

海阔天空

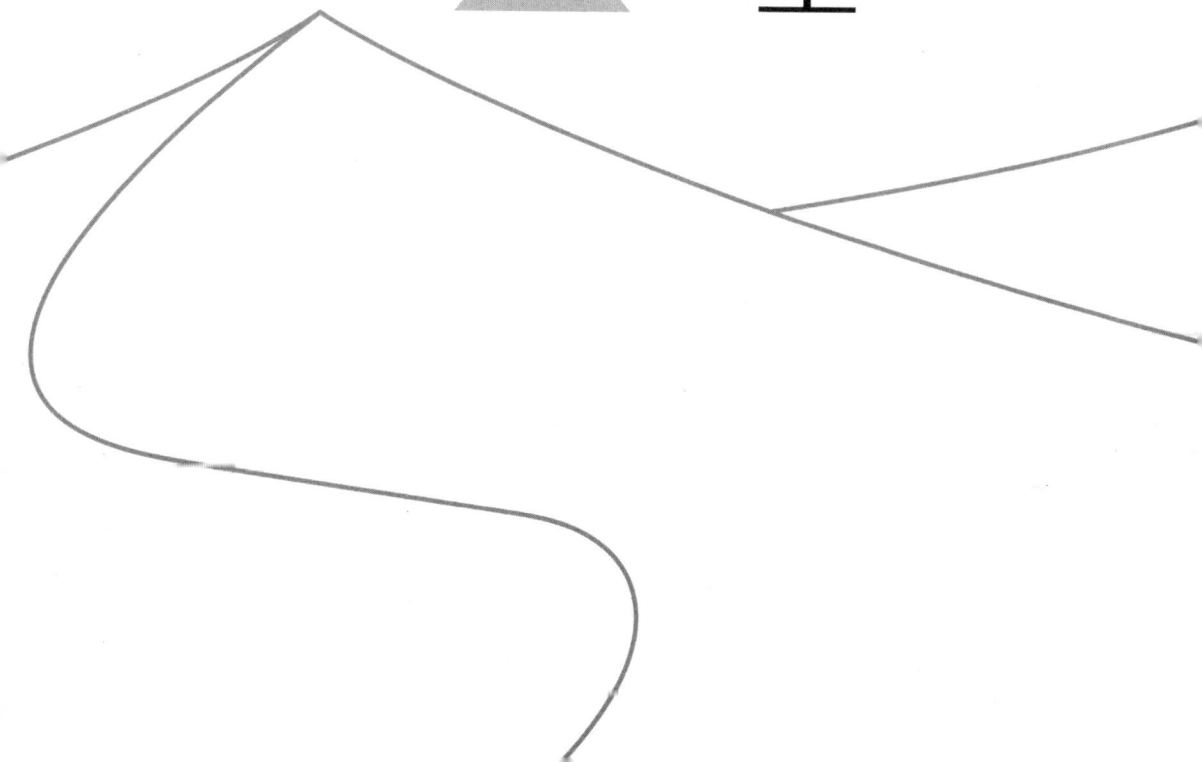

# 榜样的力量

## ——《摔跤吧,爸爸》观后感

近日,应儿子之约跟随熙熙攘攘的人群涌进宝龙金逸影城,观看最近非常火爆的一部印度电影——《摔跤吧,爸爸》。这是一部根据真人真事改编,讲述曾经的摔跤冠军辛格培养两个女儿成为女子摔跤冠军,打破印度传统的励志故事。

在我的印象中,印度影视一贯以其异域风情及歌舞魅力感染人,《摔跤吧,爸爸》却将父爱和梦想完美地结合,并且聚焦金牌意识和女权意识。整部影片呈现出一种破而后立的格调,既有对现实的鞭笞,又有打破传统的勇气,动人心弦,令人热泪盈眶,也让我迫不及待地想写点东西。

曾经是印度摔跤冠军的父亲,在为生活所迫放弃摔跤之后,希望生个儿子来完成自己未实现的梦想,赢得世界级比赛金牌,但事与愿违,妻子接连给他生了四个女儿。一个偶然的机会,女儿在打架中战胜了男孩,这让父亲眼前一亮,有了类似"花木兰代父从军"的灵感,决定对其中两个女儿进行摔跤训练,帮助他实现夙愿。在现代家庭教育的语境之下,这位父亲很容易被冠以"自私""偏心""虚荣"的帽子,以自己的权力改变女儿的命运,逼迫女儿做她们不喜欢的事情……随着剧情的发展,父亲对女儿从事摔跤事业的规划,其实是爱的成分大于父权的成分。印度的女性地位不高,常被当作家庭附属品,很多女孩子未成年就已步入婚姻,过上了繁杂而艰苦的家庭主妇生活。而影片中,摔跤老爸一直怀揣着冠军梦,偏执地想将梦想延续到下一代,以"暴君"形象对两个女儿展开魔鬼式训练,甚至将女性象征的长发给剪了,两个女儿为此搭上美好的童年时光,乃至青葱时光,不仅仅要承受着身体上的疼痛,还要饱受外界的非议和嘲笑。也许你会说,剧中父亲独断专行,丝毫不尊重女儿们的个人意愿。但是,女儿们所承受的磨难,又何尝不是别的女孩所仰望的幸福?他引导女儿们进入体育竞技行业,彻底改变了女儿的命运走向,把女儿变成了一个拥有世界视角的现代女性。摔跤小舞台,社交大舞台,女儿所拥有的人生,其精彩程度要远远超过其他印度女性,这何尝不是父爱的伟大体现。都说父爱如山,深沉而厚重,不像母爱那样温润透彻,也许有时难以察觉,但只要你碰了壁受了委屈,他就一定站在你能看得到地方,为你加油打气。这就是父爱的力量,人生中最不可或缺的力量。

正如冰心所言:成功的花儿,人们只惊慕它现时的明艳,然而当初它的芽儿,浸透了奋斗的泪泉,洒遍了牺牲的血雨。成功是由痛苦创造生命的梦想,是由自强不息铸造的奇迹。剧中的吉塔和巴比塔为了实现父亲的冠军梦,她们远离自己最爱吃的零食,被逼含泪剪去最象征女性的长发,忍受来自同龄人与非同龄人异样的眼光、非议和嘲笑。她们牺牲那个年龄阶段该有的娱乐时间,艰苦训练。她们压抑了青春,却也重塑了青春,犹如高考学子,背负着家庭的梦想,社会的期待,在追逐人生梦想的起飞阶段,振动沉重的翅膀,艰难地前行。吉塔最终成功的精彩瞬间来自于日常大量枯燥训练的积累,来自于弯路中的折回,来自于绝不放弃的最后一击,从而成就历史传奇。成功的道路充满艰辛,辉煌的背后洒满汗水,但即使前方的道路再难,荆棘再深,梦想的实现也不无可能。

最后,向此片导演和男主角致敬。我们不必为了贫穷或落后感到羞耻,我们必须为不主动摆脱贫穷或落后感到羞愧。每一个不向命运低头的人都值得人们点赞!

# 教育孩子奖罚要分明

　　家庭是孩子的第一所学校，父母是孩子的第一任老师，也是孩子成长中学习的榜样，所以良好的家庭教育对于孩子的一生都起着至关重要的作用。在孩子刚出生的时候，我就非常重视孩子的家庭教育，当然并不是单单的教会孩子背几首唐诗，读几首儿歌，认识几个汉字，而是教育孩子凡事要讲道理，帮助孩子逐步养成正确的学习态度与生活习惯。

　　当然，孩子做对了，我们要毫不吝啬地夸奖；孩子做错了，我们也要及时地纠正。奖励和惩罚都要有度，适可而止。现在教育专家都提倡多称赞孩子赞美孩子，可是我觉得这还要分什么事情，因为我这是有切身体会的。记得儿子有一次因为上课调皮被施老师罚抄课文，回家后妈妈看见儿子的作业实在太多，不忍心之下帮了儿子的忙，结果还是被施老师的火眼金睛给识破了，要求重新补罚。我知道这件事后不仅当面批评了儿子和妈妈，还要求儿子必须严格执行老师的任务，不折不扣的把罚抄的课文重新抄好交给老师。开始儿子还不服气，说为什么别的小朋友也一起调皮，为什么单罚他？我就耐心地问他："你确实调皮了吗？"他嗯的一声，我就告诉他："你上课调皮就是你的不对，不要去管别的同学。老师这次发现你的错误，让你反省反省，我们就应该及时改正。你不信，你把施老师今天布置的任务好好完成，改正错误了，老师到时一定会表扬你的！"果不出我所料，施老师课堂上客观地表扬了儿子这次改正。回家后，儿子开心地告诉我："爸爸，你真准！施老师今天表扬我了！"经过这次的及时纠错，儿子与妈妈同时都接受了一场教育奖与罚的洗礼。

　　所以我坚持家长在称赞孩子方面还是要实事求是,不能一味地夸奖或称赞。当然批评就更要有度,如果批评过度,甚至打孩子,慢慢地孩子就会变得反叛,当孩子做错的时候还是坚持以道理说服,而且就事说事,不能翻旧账,最重要的是你说的话能让孩子听得懂、听得进去。这样才能达到教育的效果。

# 让孩子学会尊重他人

　　让孩子学会尊重他人,首先父母就要先学会尊重孩子,这是我一贯的坚持。

　　在儿子还很小的时候,我就喜欢蹲下来听他的意见。有人会说,这么小的孩子能有什么意见,其实不然,孩子虽然小,可还是一个个体,他也有思想,所以我们也要学会尊重他。例如,儿子小时候每次出门都喜欢带玩具,刚开始孩子的奶奶总是阻止他带玩具,可是这样就会闹好久才能出门,虽然玩具是放下了,可是会哭好久,现在想想,那时的哭也许就是对大人的不尊重而感到不满。后来,我就跟儿子商量,刚开始的时候是跟他商量出门要带什么玩具,渐渐地就变成他主动跟我商量,而且变得更听话了。即使在外面,儿子和其他小朋友相处的时候,我也会教他要学会尊重他人,比如看到别的小朋友的玩具,自己想玩的时候,我就会教他你跟小朋友商量,"等你不玩的时候可以把玩具给我玩一会,好吗?"当别的小朋友想要他的玩具的时候,我就会教他:"把玩具给这个小朋友玩一会,好吗?"一切都是先看孩子自己的意愿,不强加大人的意愿。经过这样的商量,儿子反而会很大方地把玩具借给别的小朋友玩,别的小朋友也都喜欢把玩具借给他。久而久之,儿子渐渐成了小区里面人缘最好的小孩。有时我经常遇见小区的小朋友,见了我就主动问我:"陈锦都怎么都没下来玩?"我想,他都快成小区的孩子王了。

　　去年儿子生日,班里同学主动要求来我们家里聚聚,儿子很爽快地答应了同学们。结果,当晚家里一下子涌来了十几位同学,和儿子一起过了一次快乐友谊的生日会。我想,今天他懂得尊重同学、朋友,别人自然也会尊重他,好的人缘对他日后的生活道路应该也会有所帮助吧？

　　每个孩子都是一个独立的个体，因此都有自己独特的人格，没有万能的教育，只能是每个家长在家庭教育中不断地摸索实践。但是，父母健康的人生态度与健全的人格教育确实会影会响孩子一生的命运：无论是在他成功时或失败时，他都能牢牢掌握自己的命运，实现自己的价值，成就精彩的人生。

# 为心灵营造一片田园

总是向往

归去来兮的潇洒

然而种豆南山　采菊东篱

终是诗中的图画

生活在现代的我们

有太多的羁绊　牵挂


如何超脱得了

却也不是没有办法

我们啊　可以为心灵

营造一片田园　一个家

让诗书如沃土

培育理想的种子发芽

让音乐如甘泉

滋润嫩绿的秧苗开花

又将那知足　编织成篱笆

阻隔尘世的纷争嘈杂

于是　不知不觉
我们有了胸怀的宁静幽雅
志趣的朴实无华
一天天　一年年
耕作播撒　吟哦涂鸦
总是充实又闲适的——
生涯

# 我的电工包

从踏入公司那天起

发给我一个电工包　而我从不想换掉

那个电工包载满纪念品和患难　还有摩擦留下的图案

我的电工包　背到现在还没烂　却成为我身体另一半

千金不换　它已熟悉我的汗

它是我肩膀上的指环　已经背了廿余年

我每一天背它上班

你发给我　我一直为你骄傲

我的朋友都说它旧得很好看　遗憾的是它与你无关

我的电工包　让我走得好缓慢　总有一天会陪着我腐烂

我的电工包　对我沉重的付托　任务接了就想尽快做完

我的电工包　有你的安全守护　才会有我的人生精彩

# 一分耕耘　一分收获

## ——谈谈我家的育儿体会

难忘的 2002 年 11 月 30 日上午 10 点钟，我们的儿子陈锦都来到了这个世界。当我们从护士手中接过体重仅三千克的儿子的那一瞬间，心中油然而生初为人父为人母的喜悦与自豪，同时更感受到一种无形的压力。这压力来自如何把他养育成人、成才的责任感与使命感。

孩子近年来在学校表现不错，进步也不小，作为家长我们甚感欣慰，这应该是晋江二小各位老师、孩子及我们家长几年来共同努力的结果。对孩子的教育，我想很多家长都有很多成功的经验，在教育孩子方面都有自己独特的见解和方法。

11 月 25 日周末，很荣幸拿到一张票，到晋江市委大礼堂聆听一场中国教育专家张秀云教授精彩的演讲，演讲的主题是关于家庭教育——父母的态度决定孩子的命运，整场演出座无虚席，整场演讲没片刻歇息，掌声不断；张教授更是妙语连珠，旁征博引、现身说法，令我感觉不虚此听。下面我将就此次演讲所听所想与朋友们一起分享，希望能起到抛砖引玉之功效。

首先，教育孩子要重视孩子的品德教育。

家长赋予了孩子生命，就要对孩子负责，这也是对家长自己负责，说大了就是对社会负责。关心孩子，不仅仅要关心孩子的生活健康，重要的是要在孩子成长的过程中，不断地进行正确地引导，做好孩子的引路人。现在的孩子大多是独生子女，长辈过度的宠爱，优裕的生活条件，往往使他们养成娇气、任性、自以为是、责任感不强、缺乏群体意识等坏毛病。所以如何让孩子具有健康的人格和积极乐观的生活态度，不让孩子成为被宠坏的人，一直是我们苦苦思索的问题。虽然现在社会上不良风气很盛，许多传统的道德观念受到了很大的冲击和置疑，但我们出身贫穷家庭，自身还是比较传统的，而且觉得许多传统的道德观念、行为准则的确是有着十分重要的现实意义的，对孩子的成长也是十分有益的，比如：尊老爱幼、好学上进、助人为乐、勤俭节约等。所以家里包括奶奶、爸爸经常会告诉儿子以前爸爸小时候学习生活的情况，讲一些以前艰苦岁月的故事给孩子听。有时他会觉得不可思议，但是，我们认为能将中华民族这些传统的美德在孩子的身上得到体现，可以为孩子今后成长和步入社会打下了良好的基础。

第二，营造良好的学习氛围，激发孩子的学习兴趣。

平时在家，我们家长也在不断地充实自己，在家里尽量不长时间看电视或玩手机，经常是一家人一起看书、看报，探讨一些新闻，所以孩子从小就喜欢问问题听故事。孩子最高兴的事便是睡觉前听妈妈讲故事。在学习上，可以说孩子始终保有乐趣，也较自觉，我们大人没有为他操太多的心，这可能部分得益于较好的早期教育。我总是鼓励他，相信他会越学越好，哪怕是有时兴趣班学的不太理想，也从不责骂他，而是叫他找出原因，吸取教训。我常常对他说："我觉得你很聪明，只要你努力了什么事情都能干好。"我们特别注重的是拓宽他的知识面，根据他成长过程中的不同时期、不同年龄段，有选择性地为他选购各种书籍，其中内容涉及自然、历史、天文、地理等。他现在掌握的许多知识超过了我们大人，常常令我们感到自己真的落伍了。

第三、从小培养孩子良好的学习习惯，坚持尊重、培养、引导他的业余爱好。

在孩子开始上幼儿园小班时，我们就注重培养他的学习习惯，让他知道学习是他自己的事，孩子的妈妈不落人后也帮孩子报了不少兴趣班。开始孩子的爸爸老觉得报那么多兴趣班有用吗？孩子会不会累着？经过这几年孩子的妈妈辛苦的耕耘，发现孩子能坚持下来的，包括画画、围棋、小提琴、英语之类，都有明显进步。特别是他学小提琴，只是因为他有一次放学回家告诉家里人说他很羡慕他们班的某某女同学拉小提琴姿势可优美了，孩子的妈妈就顺势引导问他是不是很想像她一样,他当时不加思索地就回答:"我想,我也要学会拉小提琴。"虽然他开始并不知道学习小提琴得花很大的工夫,孩子的妈妈当个礼拜就帮他找好了老师,万事开头难,开始入门几节课拉得可吃力,回到家后孩子的妈妈还一个劲地逼着孩子一遍一遍练习,孩子眼眶挤满了眼泪,奶奶看了都很心疼。但是孩子的爸爸还是适时鼓励他,如果真的喜欢一样东西就一定要坚持,况且还得付出努力,才会有收获,建议孩子的妈妈买小提琴教学的影碟或者网上下载下来供孩子对着练习,果然效果不错。虽然他学小提琴时间不是很长,但是从开始拉的断断续续音符到现在已经可以拉曲子。

第四、劳逸结合,提高孩子的学习效率。

爱玩是孩子的天性,不能因为学习紧张而剥夺了孩子娱乐的权利。死读书是读不好的,劳逸结合往往能起到更好的效果。现在多是独生子,孩子比较孤单,我们在周末有意识地创造条件,让他与别的孩子一起玩耍。小孩喜欢玩游戏,我们也不禁止,禁止反而会适得其反,使得孩子产生逆反心理,我们甚至经常与他一起趴在地上玩棋,一起玩电脑游戏、一块踢球,一起充分享受游戏的乐趣,让孩子有一个快乐的童年。当然我们会注意让孩子自觉控制好时间,做到自我管理,做游戏的主人。即便如此,我们也注意安排好时间,保证他每天能得到很好的休息。九点半之前上床休息。孩子正在长身体,需要充足的睡眠,而且有足够的睡眠才能保证白天有充沛的精力。

第五,尊重孩子,做孩子的朋友。

当今的孩子自尊心强,批评教育孩子要注意方式方法。在日常的生活中,我们家庭里民主气氛较浓,父母做得不对时,能主动地向孩子道歉,对孩子的正确意见也能虚心地接受。在孩子犯错误时,我们不会大声呵斥他,更不会动手打他,而是先耐心地听听孩子的想法,让他自己评价这样做是否合适,再心平气和地与他分析,指出他做得不对的地方,并说明为什么不能那样做,应该怎样做,让孩子真正认识到自己做得不对。孩子感觉到我们是他的朋友,随时在帮助他,这样孩子就愿意和我们交谈、沟通,也更容易接受我们所提出的意见。

第六,对孩子要有一颗平常心。

每位家长都是望子成龙或望女成凤,但我们不能急于求成,不要给孩子太大的压力。这样孩子才能轻松愉快地学习、生活,并敢于迎接挑战,面对失败和挫折也不会灰心丧气。举个例子,去年为了锻炼儿子的自信和积累一些舞台表演的经验,我特别帮儿子报名参加了晋江 SM 小童星的比赛,由于儿子很少登台表演,我怕他不敢上台,特别找了一位朋友的小女孩和他搭档一起上台表演,儿子参赛前就问:"爸爸、妈妈,你们希望我获奖吗?"我们的回答是:"参加比赛的目的不全是为了得奖,只要你认真表演,大胆演唱,尽力就好,我们就认为你很棒了。" 这样,孩子在没有压力的情况下,往往会发挥得更好。果然,经过这么一鼓励,儿子海选时由于表演大方、自然很顺利就进入第二轮比赛。虽然第二轮竞争激烈,和经过专业舞台训练的孩子一比,差距就来了,儿子也没进入决赛,我们并没有责怪他,反而夸他已经成功地踏出人生舞台的第一步,这么小就敢登台表演了。

第七、建立与学校老师之间良好的沟通与联系。

孩子平时大部分时间在学校里度过,作为家长我们要积极做好配合老师的工作,老师交代布置的作业都主动及时完成。建立与学校老师,尤其是班主任之间良好的沟通与联系是很有必要的。每一位老师对尊师重教、明事理的家长也都是很欢迎的。通过与老师的良好沟通,能够及时掌握孩子在学校里的表现和思想动态,了解孩子在哪些方面还存在不足或者需要重点引导及解决的问题,这样,就能够更好地促进孩子的成长。

把孩子培养成为一位品格高尚、健康、快乐、优秀的人,一直是我们追求的目标和努力的方向。在教育和引导孩子的过程中,我们一直在探索着。孩子成长的过程,也是我们不断自我提高的过程,我们也愿意和自己的孩子同步一起成长。

# 一碗米的价值

——于丹《中小学生人格教育》观后感

孩子周五放学回家,从学校领了任务回来布置给我们家长:就是周六早上7点5分,福建电视台公共频道将要播出于丹老师主讲的《中小学人格教育》。周六我们和孩子起了个大早,准时坐在电视前进行收看。看完电视后,我们都感触良多。

于丹老师认为,"中小学人格教育",其实就是教育孩子如何追寻一种生命的快乐和尊严。通过这个节目,我知道了"一碗米的价值因人而异,一个孩子的空间大小也因人不同,除了老师和父母能够帮助他发现最大的价值空间,更重要的是他自己来认知自己的生命";知道了"一个孩子很小的时候,拥有很多快乐,比他掌握很多知识更重要";知道了"一个小孩子,如果能用他的行动让别人感到幸福的时候,那么,他的收获远比他的付出多"。我更知道了老师和父母在孩子成长教育中的重要性,我们陪伴孩子成长,不能以一种高高在上的姿态,而是要成为孩子的朋友,帮助孩子独立去完成事情,自我成长以及学会自我修复。真正爱孩子的老师和父母,不是教孩子怎么去躲避挫折,而是教会孩子在面对挫折时,怎样去面对,怎样去解决问题,以及如何自我修复。

这个节目让我感受最深还是节目开头的那个"一碗米的故事"。于丹老师说了这样一个故事:徒弟问师傅,一碗米有多少钱的价值?师傅说,这太难说了,看在谁手里。要是在一个家庭主妇手里,她加点水蒸一蒸,半个钟头一碗米饭出来了,就是一块钱的价值。要是在小商人手里,他把米好好泡一泡,分成四五堆,用粽叶包成粽子,就是四五块钱的价值。要是到一个更有头脑的大商人手里,把它适当地发酵、加温,很用心地酿造成一瓶酒,有可能是一二十块钱的价值。所以一碗米到底有多少价值,要因人而异。

其实,我们每一个人最初的价值都是"一碗米"。随着时间的推移,人和人的价值拉开了差距。发展的不同结果,在很大程度上取决于每个人对"一碗米"的加工程度。通常说来,加工的时间越短,离米的形态越近,价值就越低;加工的时间越长,离米原来的形状越远,价值也就越大。因此,要提升个人的价值,就要善于加工自己,善于开发自己的价值。

提升自己的价值,贵在有一颗勇敢的心。米和酒相比,价值不一样。这当中的变化,是用无数次的发酵、酿造、熏蒸换来的。这与人对待成功的态度一样,只有勇敢地付出,才会有非凡的价值。有些人害怕艰苦的生活、寂寞的付出,不敢面对失败、面对挫折,不愿转变观念、开拓创新,只能原地踏步。很多年过去了,"米"还是原来的"米",人还是原来的人。有些人勇于拼搏、不怕困难、持之以恒、艰苦奋斗,最终脱胎换骨。

开发自己的价值,要有一颗宁静的心。俗话说,急于求成,则不成。可是,有些人受"快速成功、急速成名"心态的影响,急躁、浮躁、烦躁、暴躁,缺乏脚踏实地、埋头苦干的心胸和境界。一些人没有锻炼成熟,就抢着争名利、找官位。这样的人,即使走上领导岗位,也会因为能力欠缺、素质不够,干不成大事。要想成功,唯有一心一意、精力专注,靠读书生灵气,用学习筑底气,以积淀养才气,让能力胜任岗位的需要。

拓展自己的价值,还要有长远的眼光。泰山不是一天长起来的,人的价值也不是一天就能提升的。从"一碗米"到"一瓶酒"的价值开发,是一个漫长的过程。在信息膨胀、知识爆炸、创意不断的现代社会,只有不断学习、不断积累、不断充电,知识才不会老化、思想才不会僵化、能力才不会退化。一个不爱学习、不思进取的人,只能保持"一碗米"的价值。相反,有进取心、终身学习的人,眼界才会越来越开阔、思想才会越来越深刻、境界才会越来越高远、价值才会越来越厚实。

总之,这个节目真的值得一看,您看完一定会受益匪浅……

# 态度决定命运

## ——浅谈家庭教育心得体会

11月25日周末,很荣幸拿到一张票,到晋江市委大礼堂聆听一场由中国教育专家张秀云教授所做的精彩演讲,演讲的主题是"关于家庭教育——父母的态度决定孩子的命运"。整场演讲座无虚席,整场演讲没片刻歇息,掌声不断;张教授更是妙语连珠,旁征引博、现身说法,令我感觉不虚此听。下面我将就此次演讲所听所想与朋友们一起分享,希望能起到抛砖引玉之功效。

家庭是孩子的第一所学校,父母是孩子的第一任老师,也是孩子成长中学习的榜样,所以良好的家庭教育对于孩子的一生都起着至关重要的作用。在孩子刚出生的时候,我就非常重视孩子的家庭教育,当然并不是单单的教会孩子背几首唐诗,读几首儿歌,认识几个汉字,而是教育孩子为人处事的道理,教会孩子生活的技能,使孩子养成具有健康心理和健全人格的人。当然,对于一两岁的幼儿来说,空泛讲授深奥的道理并不能使他明白其中的含义,孩子自然就不会接受,所以具体的还是要从生活中的一点一滴做起。

一、首先是营造良好的家庭环境。

家庭的和睦对于一个孩子的成长是至关重要的,家人之间的相亲相爱会让孩子学会宽容,学会理解,学会爱,爱别人和爱自己。如果缺少家庭的关爱,会让孩子变得越来越冷漠,越来越自私。看到过许多的案例,孩子的堕落,麻木等等问题,都是因为家庭缺少爱,试想一个孩子连自己的父母和家人都不爱,他还会去关心体贴陌生人吗?所以,一定要给孩子营造一个温馨和谐的家庭生活,让我们的孩子都能快乐无忧的生活。

二、父母要以身作则。

在家庭教育中,父母就是孩子的榜样,父母的一言一行会在不经意间给孩子造成巨大的影响。所以,父母在要求孩子懂礼貌尊重他人的时候,可以想想自己是不是这样做到了呢?记得有一次,儿子犯了错,我狠狠地训斥了他,还说了一些重话,说你再这样我就打你了。本来没觉出问题,可是后来他居然学会了这句话,动不动就说我打你。这让我很后悔,也很伤心,后悔以前不该对孩子这样说话,伤心的是孩子对爸爸说这样的话,所以趁孩子还能纠正的时候,我们做家长的一定要谨言慎行,对自己的一举一动都要三思而行,不管你是在多么生气的情况下都要想到我这样做这样说会对我的孩子产生什么样的影响。

三、奖罚有度,实事求是,孩子发脾气冷处理。

孩子做对了,我们要积极的夸奖;孩子做错了,我们也要及时地纠正。奖励和惩罚都要有度,适可而止。现在教育专家都提倡多称赞孩子赞美孩子,可是我觉得这还要分什么事情,因为我这是有切身体会的。在儿子还是一岁多小孩的时候,他玩积木,本来是搭错了,可是我想他第一次玩就给了他称赞鼓励,本想能促进他进步,结果却恰恰相反,反而使他每次搭都出错,而且变得还特别固执,我再怎么说他还是不听不接受。这就让我想到,如果在他第一次搭的时候,我就给他纠正,也许就不会出现现在这种情况了。所以我坚持家长在称赞孩子方面还是要实事求是,不能一味地夸奖称赞。当然批评就更要有度,如果批评过度,甚至打孩子,慢慢地孩子就会变得反叛,当孩子做错的时候还是坚持以道理说服,而且就事说事,不能翻旧账,最重要的是你说的话能让孩子听懂听进去。以前儿子做错的时候我都会跟他说一大堆的道理,结果他还是我行我素,后来听了专家的建议是让你说的话孩子更能接受,不要说一些空泛的大道理。在孩子任性发脾气的时候,你说任何道理他都不会听的。所以我的做法就是冷处理,让孩子自己去闹,家长可以做个冷眼旁观,等孩子觉得哭闹也没有意思,冷静下来的时候,我们在去跟他说道理,这样反而更能让他接受。如果在他发脾气的时候还去跟他说这说那,只会加重事态的发展。如果哭闹继续不止,那我们只能迅速把他抱离现场,转移孩子的注意力,这样做也许效果会更好。

四、让孩子学会尊重他人。

首先父母就要先学会尊重孩子,这是我一贯的坚持。在儿子还很小的时候,我就能蹲下来听他的意见。有人会说,这么小的孩子能有什么意见。其实不然,孩子虽然小,可还是一个个体,他也有思想,所以我们更要尊重他。例如,儿子每次出门都会带玩具,刚开始孩子的奶奶总是阻止他带玩具,可是这样就会闹好久才能出门,虽然玩具是放下了,可是会哭好久,现在想想,那时的哭也许就是对大人的不尊重而感到不满。后来,我就跟儿子商量,刚开始的时候是跟他商量出门要带什么玩具,渐渐地就变成他主动跟我商量。即使在外面,儿子和小朋友相处的时候,我也会教他学会尊重他人,比如看到别的小朋友的玩具,自己想玩的时候,我就会教他你跟小朋友商量,"等你不玩的时候可以把玩具给我玩一会,好吗?"当别的小朋友想要他的玩具的时候,我就会教他:"把玩具给这个小朋友玩一会,好吗?"一切都是看孩子自己的意愿,不能强加大人的意愿。以前我就曾经犯过这样的错误,和朋友的小孩一起玩的时候,看到朋友的小孩哭闹着向儿子要玩具的时候,我总是不假思索地把儿子玩具抢过来给别的小孩,所以后来儿子就养成了抱住玩具不撒手的习惯,即使睡觉的时候一拿下来就哭,我想就是那个时候我伤害了他的自尊,我对他的不尊重对他造成了严重的后果。虽然现在经过时间的冲淡,儿子已经慢慢好了,但是对我的冲击还是挺大的,让我自省了很久。

五、及早让孩子学会自己的事情自己做,培养孩子的劳动习惯。

在儿子刚会坐的时候,我们就已经把他放在凳子上和家人一起吃饭,虽然那个时候他还不能自己吃,但是我们坚持让他看我们大人是怎么用餐的,所以慢慢地儿子自己就学会吃了,而且是很早就学会拿筷子吃饭,家里只要能让他做的事情,都是坚持让他自己做,比如整理书报、扫地、拿碗筷、搬凳子等等。许多家长认为孩子那么小能干什么呀,还不是越帮越忙,其实做不好是肯定的,但是只要他参与就好。如果你总是阻止他干活,他就会觉得父母不需要我,久而久之他就不再愿意干了。而且劳动习惯的培养会让他更珍惜他人的劳动成果,比如说自己玩的玩具不要乱放,垃圾不乱丢等等。

六、营造孩子的学习环境，培养孩子的学习习惯。

有一段时间家里人看电视看的多点，儿子也跟着看电视看多了，后来我们发觉不能再这样，所以现在家里人都学会多看书，即使不看书也会看报纸，这样儿子也跟着学会了阅读，虽然时间坚持不了多久，但是习惯是慢慢培养的，一点一滴累积起来就会好的。俗话说，行千里路胜读万卷书，所以只要有时间还是会带孩子多出去走走，在大自然中学习知识更能让孩子接受。虽然教育专家都不建议孩子那么小就学唐诗古词之类的，但是我觉得尽管孩子还不懂，可多读点这类的诗词能培养孩子的美感和节奏感。至于儿歌、音乐之类的，多读多听肯定是有好处的，关键是儿子很喜欢这些，我觉得培养兴趣是最重要的。

七、培养孩子的男子汉气概，不溺爱孩子。

平时在家我总是有意无意地培养儿子的男子汉气概，不过分地宠他，溺爱他。例如，当儿子摔倒的时候，我从来都不扶他起来，而是鼓励他自己跌倒自己爬起来，然后拍干净身上的土。如果他摔破了，即使心里心疼，也不会表现出来，只对他说没事。所以现在儿子摔倒了，只要不是很严重，基本上不哭，反而安慰我说："爸爸，我没事！"对一个孩子尤其是男孩子，一定要培养他坚强的性格，不能懦弱。

以上就是我在这次家庭教育演讲中的一点点心得体会。还是那句话，每个孩子都是一个独立的个体，所以每个孩子都有自己独特的人格，没有万能的教育，只能是每个家长在家庭教育中不断地摸索实践，父母健康的人生态度与健全的人格教育确实将影会响孩子一生的命运：无论是在他成功时或失败时，他都能牢牢掌握自己的命运，实现自己的价值，成就精彩的人生。

有人说孩子是父母的第二次人生，在孩子的成长过程中父母也是在不断成长的，就让我们和孩子一起长大吧！

# 后　记

　　有人说,我的人生很传奇,因为我总能创造生命的奇迹,战胜命运的挑战;也有人说,我的人生很幸运,在我的人生旅途中遇见那么多的贵人;更有人说,我的人生很精彩,因为我曾经奋斗过,成功过,也挫折失败过,历经人间苦痛后苦尽甘来。

　　很长一段时间,我努力地学习,拼命地工作,丰富自己的阅历。我虽然早已尝遍人间酸甜苦辣的滋味,很多认识我的人也非常期待我能把自己跌宕起伏的前半段人生记录下来,激励自己也感动别人,但是我需要面对生活,我的人生旅途才走一半,我还需要再累积、厚实我的人生画册。这本随笔文集权当我小试牛刀,将自己前半段人生一些记忆犹新的点滴记录下来,希望能鞭策自己一如既往地披荆斩棘而奋勇前行。

　　偶然在网络的海洋遇见里遇见晋江蓝鲸诗社施勇猛社长,他热心地促进我与晋江市青年文学学会李锦秋会长的见面,他们两位晋江文坛前辈对我第一次出版书籍所做的耐心答疑,让我感动之余毅然决定将近十年来发自肺腑的心语随笔交付给他们出版。

　　这本随笔集原本想取名叫《不惑集》,因为我今年也老大不小了,早已迈入不惑之年了,生活的目标愈来愈清晰,做什么都不再那么迷糊了。但网络一找竟然有一大堆《不惑集》,后来想想我很喜欢的歌神张学友曾经唱过的一首歌《一往情深》,我听起来感觉很有味,和我与生俱来的执着倒有几分相似。这本文集《一往情深》就当是献给所有在我历经磨难中曾经帮过我、爱过我、鼓励过我的人们,包括亲人、同事与朋友们,祝您一生平安。

陈永往

2019 年 5 月